# 土左日記を読みなおす

## 屈折した表現の理解のために

小松英雄
Komatsu Hideo

笠間書院

# 目次

## I 表現解析の実践例
### ——推理小説的手法の導入　41

## II 藤原定家の奥書を検討する 97

III

## 同じ仮名連鎖の重複を利用した複線構造
### ――いわゆる〈余りにもくだらない駄洒落〉候補の検証 121



IV

## 和歌の内部構造の変化が屈折した表現を可能にした 133

# はしがき

紀貫之作の『土左日記』は、平安時代における最初の仮名文学作品として広く知られており、冒頭をはじめ、いくつかの部分は高校レヴェルの教材としても使われている。しかし、あちこちをつまみ食いしておもしろい作品だと思い、最初から最後まで通して読もうとすると、随所でつまずいて、だれがどうしたのかわからなくなってしまう。

ほかの仮名文学作品なら、辞書を引きながら読めば、力に応じた理解が成り立つものであるが、『土左日記』の場合は、そういうふつうの読みかたをしたのでは、頭が混乱して、途中で読むのをやめたくなる。本書の序論で具体例の一端を示すように、『土左日記』の極端に屈折した表現は、個性的ということばでは一般化できない独特のものだからである。

筆者は、文献学的アプローチ（後述）によってその謎の解明を試み、書き手の表現手法を、そして、なぜそのような手法を使ったのかを、——というよりも、使わざるをえなかったのかを、おおむね解明できたと思われるので、その概略を明らかにし、これからの研究の進展に寄与するために、大筋をまとめてみた。

『土左日記』の女性仮託説や側近女性執筆説（いずれも後述）は、本書の検証によって完全に否定され、この作品の研究は新しい段階に進むことになるはずである。

## ■この作品の書名

現在は『土佐日記』というタイトルで一般に通用しているが、紀貫之の自筆テクストを発見した藤原定家が、発見直後に記したメモには「土左日記」と書かれている。しかし、後で説明するように、貫之自筆の原テクストには書名を記す場所がないので、そのテクストを保管していた個人、あるいは最後に保管していた京の東山にある蓮華王院、通称三十三間堂の宝蔵などで、識別のために管理者が付けた確率が高い。発見者の藤原定家が「延長八年、任土左守」と書いているので（図版参照）、「土左」という表記は定家による用字だった可能性も完全には否定できない。

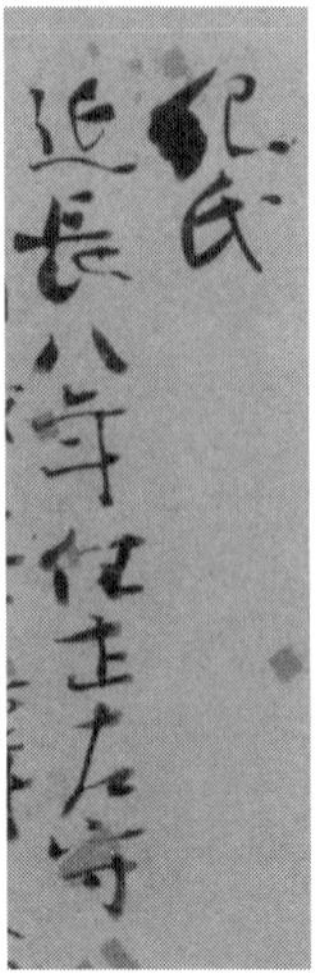

定家本『土左日記』
（尊経閣叢刊　国立国会図書館ウェブサイトより）

十世紀後半から十一世紀にかけての歌人、恵慶《ゑぎやう》の『恵慶法師集』（前田本）に、つぎの一首がある。

貫之がとさの日記を絵にかけるを、（略）過《す》ぐしける家の荒れたる心を

くらべ来《こ》し　波路《なみぢ》もかくは　あらざりき　よもぎの原と　なれる我が宿

もとになったテクストのタイトルが「とさの日記」となっているのは、おそらく絵の書き手の表記を写したものであろう。貫之も候補のひとりかもしれないが、憶測の域を出ない。本書では、ひとつの可能性として、内容から「土佐」であることが見え見えであるが、はぐらかしとして、「土左」にしておいたのではないかと考え、「土左日記」と表記する。決め手がないので、もとより、仮説のひとつにすぎないが。「日記」と名付けたのは、通常の日記と思い込ませるための巧妙なトリックであったことを、あとで明らかにする。

## 凡例

○筆者の旧著『古典再入門』(2006)も『土左日記』が主題であり、先駆をなしたが、重点が異なっているので、本書は、その改訂版ではない。単純な重複もあるが、多くは視点が異なっているので、それぞれの脈絡のなかでとらえていただきたい。

○引用文中の傍線は、説明の便宜のために筆者が加えたものである。

○『土左日記』の場合、後述の理由から、研究が始まったのは十七世紀であり、信頼できる注釈がないので、引用は、原則として本書の発行時点で入手や閲覧が容易なものに限定する。

○引用した文献は巻末に書名・論文名、執筆者、発行元などを表示するが、原則として本文には出典を示さない。大切なのは、だれが書いたかではなく、どういうことがどのように主張されたかを知ることだからである。本書の筆者の著作は(小2006)のように表示する。ただし、『古典再入門』はその名称で一貫する。(参考)と記したのは、著名な専門研究者による一般向けの教養書である。

○『土左日記』は全巻を通じて紀貫之による執筆であるが、いろいろの形で登場するので、『土左日記』の本文では、原則として「書き手」、とよぶ。

○和歌のあとに散文がある場合には、行替えをしない。
○この作品の場合、「ある人」として登場した人物が、第三者でなく、作者自身であるような場合が時折あるが、でたらめではなく、それ相応の理由がある。わからないで済ませずに、理由を考えれば、つぎの同じような事例で戸惑うことはなくなる。いい加減にして先に進むと、文脈がわからなくなる。その場合には、まえに戻って読み直す心がけが必要である。わかってみれば複雑な原理ではない。
○本書の執筆者小松を「筆者」とよび、紛らわしい場合は、「○○の筆者」とよぶ。
○『土左日記』の用例のあとの○印は、その用例の語句に対する注であり、◎印は和歌に対する注である。
○用例中の傍線は説明の便のために筆者小松が加えたものである。

# 序論　独特の屈折した表現

## ――貫之自筆テクストのたどった道

古典文学作品は現代語に訳したうえで内容を考えることが定着しているが、そのつもりでこの作品を読み始めると、筋道が混沌となり、途中で投げ出すことになる。

現代語訳もあるが、出てくる語句を現代語に置き換えただけなので、内容はうやむやのままである。筆者は、一字一句もおろそかにしない文献学的アプローチで臨んだ結果、貫之の並外れた知力と素朴な隣人愛とを本書に見出すことができた。この序論では、その過程に至る基本的な考えかたを述べる。

紀貫之は『古今和歌集』の筆頭撰者であり、彼自身の和歌は、ひときわ輝いている。また、抜群の名文家であったことを『古今和歌集』仮名序が証明している。ところが、ほかならぬその貫之が書いた『土左日記』を最初から最後まで読んでみると、筋の通らない記事や、歴然たる虚構、そして、陳腐な挿話などが随所に出てきて期待を裏切られてしまう。

書き手は土佐の国司として五年も在住したのに、この作品には、思い出としてさえも、「土佐」という国名は出てこない。書き手が意図的に使用を回避していることは疑う余地がない。そもそも、作者名が明示されておらず、冒頭に年号も年次の記載もないので、いつから五年間、だれが、どこの国司をしていたのかもわからない。なぜなら、そういう情報を書き手が周到に伏せているからである。しかし、国司には公人としての記録があり、紀貫之が土佐の国司であったことが記載されているので、作者は貫之だと推定されているだけで、貫之作を裏づける内部徴証はないし、ある年の十二月二十一日の〜、と、この作品の書き出しの年号も記されていない。その理由を突き止めなければ、書き手が紀貫之であると確実であっても、彼が、このきわめて風変わりな著作を執筆した動機や目的に迫ることはできない。藤原定家が、公的記録に基づいて、「延長八年(930)、任土左守、在国載五年六年之由云々」という貫之の情報を、原本発見時に記しているが、それ以後、多くの研究者がこの作品を読んできたはずなのに、これといった進展がないまま、二十一世紀の今日を迎えることになってしまったのは、この作品の特殊性に気づかず、他の仮名文テクストと同じような読みかたをしてきたためであった。

筆者がこのテクストを読み解くことができたのは、文献学的方法（後述）の基本を守って、この問題にアプローチ《接近》したからなのである。

『土左日記』が、きわめて特異な、屈折した表現に富んでいることをあらかじめ心得ておけば抽象的な説明を省くことができるので、特徴的な事例を選んで以下に解説しておく。なお、どの地方の人間はどうで、どういう職種の人間はどうだという一律化が書き手の基本認識になっているが、時代が違うので目をつぶり、書き手の真意を理解したい。

## ■屈折した表現の実例(1)

国司の任を解かれて、国司館の近傍にある港から十二月二十七日に出航し、それから、ほぼ一か月を過ぎた一月二十九日の記事に、つぎの一節がある。

> おもしろき所に船を寄せて、こゝやいづこ、と問ひければ、とさの泊りと言ひけり、昔、とさといひける所に住みける女、この船に交じれりけり、其《そ》が言ひけらく、昔、しばしありし所のなくひにぞあなる、あはれ、と言ひて詠める歌、
>
> 年ごろを　住みし所の　名にし負へば　来寄る波をも　あはれとぞ見る

『岩波古語辞典』は、「なくひ」を「なぐひ、未詳」とし、「なごり、余波か。一説に、「ならび」、「なたぐひ」の誤りとも」と付記して、この例を引用している。似通った語形の語を候補に挙げたうえで留保しているのは、この編者による語源推定の典型的パターンであるが、これは、「名食ひ」、すなわち、他所の地名をそっくり真似た、という意味ではないであろうか、パクリという俗語はさほど古くないとしても、発想は同じかもしれない。アナルは、アル＋ナルの縮約形。

とても景色のよい所に停泊して、ここは何という所かと尋ねたら、トサの泊りだと言う。ずっと以前、トサという場所に住んでいたという女が船客のなかにいて、彼女がしばらく住んでいた所にそっくりだから同じ名前をつけたに違いない、なつかしい、と言って、「何年も住んでいた土地と同じ名前なので、寄せてくる波をも懐かしく感じる、という和歌を詠んだ。これが『土左日記』のなかに出てくる唯一の「とさ」であるが、かな書きであるから、日本のどこにあるトサであったかは読み手の想像に委ねられている。

筆者が以下に述べる解釈を、多くの読者は容易に信じられないであろう。仮名文の表現解析を主題とする筆者の著作をこれまでに読んだことのある読者なら、半信半疑でもつきあってくれることと期待しているが、初めての読者が疑いをもっても当然であろう。いずれにせよ、乗りかかった船であるから、この一節を、筆者といっしょにきちんと読んでみよう。

これまでの経験では、筆者の説明が、学校で教えたことや習ったことと大違いなので、最初は戸惑っても、読み進むにつれて理解が増してくるはずである。

本書は、高校生レヴェルから、社会人、大学の学部・大学院の学生、日本古典文学専門の教授以上まで、幅広い読者層を想定しているが、専門研究者が本書の立場を批判する場合には、みずからの既発表論文を擁護しようなどという小乗的動機からではなく、本書を冷静に読んだうえで急所を突いていただきたい。問題の検討を重ねるうちに、自然にわかってくるはずである。これまで、平安時代の仮名文学作品を、ふつうの読みかたで読んできた読者や、まだ、深い読みかたができるまでになっていない読者には思いもよらない展開になるであろうが、このエピソードに出てきた女性は、それと気づかれないように女性の身でさりげなく現われた書き手自身であり、ずっと以前に住んだことのあるトサとは、書き手がつい先日まで国司の任にあった土地なのである。書き手はトサが大好きだったことを、深読みできる読者に、このような形で伝えようとしたのである。すでに述べたように、この書き手は、「土左」という地名を一度も出していないが、その地が大好きだったことを、わかる人にだけわかる形で表明しておこうとしたに違いない。

筆者がこの解釈に責任を持てると判断したのは、トサを懐かしんでいるのが男性でなく女性であり、トサに住んでいたのがずっと以前であったことなど、特定できる条件がどれも書き手と正反対であり、しかも、この女性がいうトサの所在は不明だからなのである。したがって、このエピソードの表面は虚構であり、裏面はすぐれて実録に近いのである。そのつもりで読めば、和歌も、書き手の作に相違ない。「寄せては返す波」などではなく、「来寄る波」すなわち、わたしを懐かしがってそばに近づいてくる波、という表現に注目すべきである。

注釈書は「とさ」を「土佐」と書き換え、読み手も高知県の旧名と理解して読んでいるが、ここは口頭言語のやりとりであるから、どういう漢字を当てるトサであったのか不明なところが肝心なのである。それなのに、注釈書が何の疑問も抱かずに「土佐」と書き換えたことによって、仮名の特徴を巧みに生かしてその土地の所在をぼかした巧みな工夫は水の泡になってしまった。

筆者が、独特の屈折した表現とよんだ理由の一端がこれで理解できたであろうか。こういう謎解きのような読みかたができるようになることが、『土左日記』の表現を理解するための第一歩であり、この作者の伝えようとする事柄を正しく把握するためのコツでもある。

任地をあとにして約一か月。四国の東海岸を離れる直前で、風光明媚であった任地そっくりのトサの泊りに停泊し、書き手は、五年の歳月を過ごしたあの地の美しい景色と、そこに住む愛すべき人たちを思い出してたまらない気持になり、心ある読み手にその気持ちを伝えようとしたのであろう。

## ■屈折した表現の実例(2)

日付の順が逆になったが、これと似たような事例をもうひとつ。

今し、はねという所に来ぬ、若き童《わらは》、この所の名を聞きて、はねといふ所は鳥の羽根のやうにやある、と言ふ、まだ幼き童のことなれば、人々笑ふときに、ありける女童《をむな》なむ、この歌を詠める、

まことにて 名に聞く所 はねならば 飛ぶがごとくに 都へもがな、とぞ言へる、男も女も、いかで疾《と》く京へもがなと思ふ心あれば、この歌、良しとにはあらねど、げにと思ひて、人々忘れず、このはねといふ所問《と》ふ童のついでにぞ、また昔へ人《びと》を思ひ出でて、いつれの時にか忘る、、今日は、まして、母の悲しがる、ことは、下りしときの人の数足らねば、古歌《ふるうた》に、数は足らでぞ帰るべらなる、といふことを思ひ出でて、人の詠める

世の中に 思ひやれども 子を恋ふる 思ひにまさる 思ひなきかな、と言ひつ、なむ（一月十一日）

○～やある…ではありませんか。○ありける…そこに居合わせた。○都へもがな…都へ行ってほしいな。○げに…なるほど。○ついでに…きっかけになって。○昔へ人…後述。○

べらなる…～するようだ。〇言ひつゝなむ…ナムで切れているのは、結びの動詞句を言わなくても、文脈から、悲しくなって泣いている場面が想像できるので、その想像を読者にゆだねて余韻を持たせた表現。

最初の港、大津を出航してから半月になり、みんなが船旅にうんざりして、こんな日々がまだまだ続くのは、やりきれないと、気が滅入《めい》ってきた時分を見計らって、幼い男児と、和歌が詠めるまでに生長した女児とをそろえ、それぞれの役割を演じさせて、乗客に、早く京へ、という苛立ちを募らせている。ただし、書き手は、船旅に出発する際に、京で生まれ、父親の任地で育った「女子《をむなこ》」が出航直前に急逝したことを悲しんでいたので、読者は、書き手がその娘を思い出していると思うのが自然なのに、この場で書き手が思い出しているのはその娘ではなく、「昔へ人」であり、それを思いださせたのは、和歌を詠んだ女子ではなく、幼い男児であるというように、書き手の愛娘と無関係であることを二重、三重に強調しているようにみえる。そこで問題になるのは、「昔へ人」とは何ぞやである。

ムカシへは、文献にめったに顔を出さないが、イニシへからの類推《アナロジー》であろう。

イニシへは「往にし辺」で、現在と心理的に繋がっている過去であり、ムカシは、心理的に現在とは繋がっていない、あるいは繋がりが失われた過去である。いずれも、経過した年月の長短とは連動しない。平安時代にはこれらが、ほぼ語源どおりの意味で使用されていたから、この場合、書き手が思い出したのは、心理的に現在とは断絶した過去の人物である。

はやく住みける所にて、ほと、ぎすの鳴きけるを聞きて詠める

むかしへや今も恋ひしきほと、ぎす古里《ふるさと》にしもな（鳴・泣）きて来つらむ（古今和歌集・夏・163）

〇しも…直前の語を目立たせる助詞。

昔のことなので忘れてしまっても当然な場所が今でも恋しいのか、ほととぎすよ、ほととぎすが、ここは私の古里なのだと、鳴きながら＝泣きながら、来たのだろう、ということであるから、これは語源どおりの意味である。「ほと、ぎす」は、上を受けて、下に掛かっている。これと同じ用法だとすれば、書き手が思い出したのは、もはや忘れてしまった人物である。しかし、そのあとが、つぎのように続いているので、わけがわからなくなる。

また「むかしへ人」を思ひ出でて、いずれの時にか忘る、、今日は、まして、母の悲しがらる、ことは、下《くだ》りしときの人の数足らねば、古歌《ふるうた》に、数は足らでぞ帰るべらなる、といふことを思ひ出でて、人の詠める

世の中に思ひやれども子を恋ふる思ひにまさる思ひなきかな、と言ひつ、なむ（一月十一日）

これでまたホトトギスに擬せられた人物と同じように、「昔へ人」を思い出した。忘れる

ことなどありはしない。——となると、やはり書き手の亡き愛娘のことだとしか考えられなくなるので、頭が混乱してしまうが、それこそが書き手のねらいなのである。

筆者は、つぎのように考える。

「昔へ人」とは、本来、心理的に、もはや無縁になっている人であるから、ふつうなら亡くなった娘は該当しないが、この場合、娘は幼くしてあの世の人になってしまい、どこでどのようにしているのかもわからない、いわば心理的連続を不本意に断たれてしまった状況にあるから、結果は「昔へ人」同然になっている。その状態をとらえて、書き手は「昔へ人を思ひ出でて」と表現したということである。

これは、「昔へ人」の拡大解釈である。この拡大が自然な思考過程として容認できるなら、書き手の亡き娘であると考えることが可能である。しかし、それが当時の人たちにとって不自然ならば机上の空論である。状況から判断して、注釈書は「昔へ人」を書き手の亡き娘と見なしているが、文脈を確認すると、和歌を詠んだ、かなり生長した女児がそこにいるのに、書き手に「昔へ人」を思い出させたのが、それよりもっと幼い男児であった。ただし、娘がまだ幼く、男女の差が顕著でないころの姿を思い浮かべたとすれば、ハネとは鳥のハネだろうか、と言った男児を見て、幼いころの無邪気な娘を「昔へ人」として連想しても自然な反応であろう。

このように、いくつ可能性を引き出しても、肯定も否定もできないので後味がわるい。だれかが偶然にこれを読んだなら、筋道がいよいよわからないので、この日記を放り出してしまうであろうが、放り出してもらうことが、実は、書き手の術だったのである。それがどういう理由であったのかは、あとで詳しく述べる。

筆者の説明にここまでついてきてくれた読者は、「人の詠める歌」の「人」が書き手自身であり、「人の詠める」と表現したのは、考えながら読む読者以外に対しては、そばにいた第三者だと思わせるためである。

この和歌を詠んだのがだれであろうと、この和歌は、かわいい子を亡くしたすべての親に共通する心情である、——となると、「母」も、誰の母なのか断定できなくなる。

つぎに引用する注釈の筆者は、この部分の表現に翻弄されている。

ここに初めて、明白に、貫之夫人に相当する人格を表明した人物が登場している。亡児に対する哀慕の情は、すでに十二月二十七日の条にも述べられたが、そこでは、貫之夫人と確認すべき人称は用いられなかったし、敬語も使用していなかった。（略）。ここに到って、卒然として敬語の助動詞「る」の使用が見られるということは、土佐日記が、虚構朧化のために、人物関係にはなはだしい混雑を生じた結果、敬語法の統一が失われ秩序的

使用が不可能となったと見るべきであろうか。(略)

右の注釈書は分厚い労作であり、他の注釈の群を抜いて詳細であるが、惜しむらくは、思い込みにこだわった逸脱が多すぎることである。傍線部について言えば、虚構と朧化とのためにだれがどうなっているのか判然としなくなり、だれに敬語をつけているのか書き手自身がわからなくなってしまったのだろうか、すなわち、注釈者の自分がわからなくなったのは、作者がわからなくなったからだろうと考えている。しかし、名文家の貫之が、そんな文章を書くことが、そして、それを書き直しもせずにそのまま筆を置くようなことが、はたして、あり得たであろうか。

「母」が貫之夫人である根拠を筆者は見いだせない。なぜなら、「悲しがらる、」を敬語と見なしていることは、「母の悲しがらる、ことは」の「母」は、『土左日記』の書き手より上位の女性のはずなので、愛嬢の母、すなわち「貫之夫人」ではないからである。

他の注釈書には、「悲しがらる、」について、〈亡児の母。書き手の「女」とは別人。「る、」は尊敬〉となっているし、「母」に、「亡児の母はすなわち筆者ではないことを明示」と注記しているものもあって収拾がつかない。

信頼できる写本に文字の写し誤りがないならば、「母の悲しがらる、」は行為の主体を不明にして、表面的にしか読めない人たちを混乱させて、この先を読むのを放棄させるために書き手が工夫した、だれがだれやらわからなくするための表現なのである。

『古今和歌集』でもわずか一例使用というほど希用の「昔へ人」を使ってふたつの解釈を可能にし、読み手を混乱させているのも同様である。そのように推定する根拠は、あとで明らかになる。後述の女性仮託説や側近女性執筆説をあとで完全に否定することになるが、いずれにせよ、これらの説明は成り立たない。

平安時代の仮名文学作品の注釈書も信憑性の度合いはさまざまであるが、『土左日記』は、とうていそれらの比ではない。なぜなら、すでに述べたように、『土左日記』は、深読みができない読み手をふるい落とすために、肝心なところを間違って理解するように表現を工夫してあるからである。したがって、語句の意味を正確に捉えていないとか、古典文法の理解が不十分だなどということとは問題がまるで別なのである。

## ■方法と洞察と

前節の事例は、この作品の文章を、書き手が意図したとおりに理解できるようになるためには、問題に即した方法とそれを実行する手順、そして、磨かれた洞察力とを身につけなければならない。『土左日記』には、その時期の人たちでも、ふつうに読んだらいくつもの意味になって、どの可能性にも決め手がないような状態に誘導されてしまうように表現が工夫されている事例が少なくない。右の事例もそのひとつである。そういう表現には、じっくり読みさえすれば、書き手の真意が汲み取れるように、鍵が必ず隠されている。何が書いてあるのかを正確に読み取るためには、その場に出て来るはずだと期待される事象などが出てこないことを見つける目配りが不可欠である。

この書き手が、読者をからかって高笑いしているわけではないとしたら、彼には、このような手段を講じざるをえない特別の事情があったからに違いない、——となると、そもそも、『土左日記』とは、なにを目的として書かれたのか、そして、その目的に合わせて、どのような事柄がどのように叙述されているかを把握しようとせずに、書いてある文字を目で追って、場面と文脈とを考慮せずに、それぞれの部分を切り取って無理に継ぎ足してみても、書き手の術から逃れることはできない。ただし、悪意に基づく術ではないので、書き手が国司の任を解かれて京に戻ったときに、どのようなことを切実に訴えたかったのかを探ることが、表現に基づいて作者の真意に迫る唯一の手段になるであろう。賢明な人物が頭を絞って、真意を隠す表現を工夫しているのであるから、こちらも、そのつもりで、細心の注意を払って読み解かないと、独り相撲に終わってしまう。

## ■不自然きわまりない日記

『土左日記』というタイトルだから日記文学であるとか、土佐から京までの船旅の記録だから紀行文学であるとか、カテゴリーを簡単に決めているが、読んだうえでカテゴリーを考えるか、さもなければ、それらのカテゴリーを定義したうえで、『土左日記』の内容がどれに該当するか考えようと読みはじめたなら、いくらも読まないうちに、どうもおかしいぞと考えこんでしまうであろう。

そもそも、「それの年の、しはすの、はつかあまり、ひとひの日の、いぬのときに門出す」と、日付はもとより、時刻まで記しているのに、「それの年」、すなわち、「ある年」で始まっており、年号もない。一般に、日記の目的は備忘のために、いつ、どこでどういうことがあったかを記録しておくことであるはずなのに、どの年のことであったか記載がないようでは日記として役立てようがない。備忘を一次的目的としない女流の日記が世に出るようになったのは、平安時代といっても、もっと後の時期になってからのことである。

『土左日記』が、国司退任の手続きを済ませたところから始まっているので、公的業務に関する備忘ではなく私的な覚え書きであることを意味している。しかし、内容が帰路だけに徹していて、往路のときとの比較などまったく出てこないし、また、京で生まれた女児が、京への出発を目前にして死亡したことを耐えがたく悲しむ場面が繰り返し出てくるので、彼女が『土左日記』の主題だと考える研究者もいるぐらいなのに、彼女の容貌や行動、言動などが何ひとつ書かれていないことは不自然極まりない。五年もの歳月を任地でともに暮らして、帰京する寸前に亡くなったのに、遺体を葬った話題さえ出てこない。

待ちかねていたことが実現する矢先に不幸な事件で他界したという事例は現今でも稀ではないので、虚構だと直ちには決めがたいにしても、この女子とは、特定の若い女性ではなく、国司として滞在した地域の、さらには、辺境に住む純真な人たちの象徴であり、俄かに失せたとは、帰京することになって、二度といっしょに過ごすことができなくなったことをさしていると筆者は考えている。それには、消極的ではあるが根拠がないわけではない。前引の、もとトサに住んでいた女性との話でわかるように、書き手はトサが大好きであるし、あとで出てくるように、書き手は京の偽善的な気風が大嫌いである。「京にて生まれたりし」とは、京の生まれではあるが、その地の嫌な気風に染まらないうちに父の任地にきて、天真爛漫に育った娘という意味だからである。そうでなければ、「京にて生まれたりし」は、ほとんど意味をなさない。

文献学的解釈は、即座に正解をもたらす頓服薬ではない。何より大切なのは、一字一句もおろそかにしないで丁寧に読むことである。その習慣が身につけば、場面や文脈がよく頭に入るので、問題点や誤りにも気づきやすい。

## ■貫之の自筆テクストがたどった道

社会的地位は高くなくても、歌人としては著名な紀貫之の本が世に出れば、それなりに耳目を集めたであろう。限られた人たちが原本を直接に書写し、それらがまた書写されて、多くの写本が作られているうちに、写し誤りや書き替えなどが累積して、原本の復元が不可能になってしまう。しかし、『土左日記』はその道を歩まなかった。古今東西となると、さまざまあるであろうが、日本における唯一の例外が『土左日記』なのである。

この作品は、紀貫之が、土佐の国司の任を終えて帰京した九三五年から、他界した九四五年までの間に書かれたことは確かであるが、それより時間の幅を狭《せば》めることは難しい。帰京して二、三年後と推定している研究者が多いようであるが、諸般の事情を勘案すると、もう少し死が近づいた時期ではないかと筆者は推測している。明確にしておきたいのは、以前から写本の存在が知られており、自筆テクストも出てきたのではなく、定家によって発見されるまで、事実上『土左日記』は存在すら知られていなかったことである。

『土左日記』の一月八日、および一月廿日の記事に、それぞれ、「ある人の詠めりける」、「あるひとのよめる歌」となっている和歌が、『古今和歌集』に続く第二の勅撰集『後撰和歌集』に、貫之作として採録されている。(詞書省略)

都にて　山の端に見し　月なれど　海より出でて　海にこそ入れ　(羈旅・1355)

照る月の　流るゝ見れば　天の川　出づる港は　海にざりける　(同右・1363)

「ざりける」は、ゾ・アリケルの縮約であるが、それも、『土左日記』と同形である。

この事実をもとに、『土左日記』は貫之の没後間もなく世に知られたと考えている研究者も多いが、貫之の子息、紀時文が『後撰和歌集』の撰者のひとりなので、『土左日記』からの引用ではなく、貫之から個人的に得た可能性もあるので、『土左日記』そのものがすでに世に出ていたとみなすのは早計である。なぜなら、あとで明らかにするように、貫之は、最初から、生前中どころか、少なくとも、百年や二百年は世に出さないつもりで執筆し、その遺志が守られたことが明らかになっているからである。

『土左日記』の影響を受けて、女性による仮名文の日記や物語が生まれたという解説がしばしば見受けられるし、「土佐日記を最もよく読解したと思われる紫式部」という解説まであるが、その時代までに書写された系統の写本の存在は知られていないし、断片的引用も見当たらない。『土左日記』が世に出ていたことを前提にした推測はほかにもあるが、ここでわざわざ、同じ理由をあげて否定する必要はない。

貫之自筆のテクストが十三世紀になって無傷で姿を表わしたことは、前代未聞の奇跡的出来事であった。貫之の筆跡を見たことのある人はいなかったが、貫之の自筆テクストの一部分をサンプルとして定家が模写したものも残されている。ただ、自筆テクストそのものは、発見者の藤原定家と、彼の子息為家とがそれぞれ書写したあとで足利家に移され、そこでさらに二人が書写した後、行方不明になったままである。幸いなことに為家が原本を忠実に写し取ったテクストが一九八四年に発見され、大阪青山歴史文学博物館に所蔵されている。これが現存する『土左日記』の最善のテクストである。ほかに、同門の人たちが間違いなく理解できるように定家が手を入れながら書写した写本が残されており、それはそれとして貴重であるが、原テクストの復原に直接には利用できない。

定家によって発見されるまで、『土左日記』は、その存在すら知られていなかったことは、この作品自体に、そういう運命をたどるべき特別の事情があったからなのである。

『土左日記』の本質を理解し、また、書き手が意図したとおりにテクストを読み取るためには、その事情を解明することが不可欠である。それを可能にするためには、速戦即決の思いつきで片付けたりせずに、疑問とする事柄を念頭に置いたうえでテクストをじっくり読み直してみるべきである。〈求めよ、さらば与えられん〉という教えを借用して裏返すなら、〈求めずして与えらるゝことなし〉である。それなのに、これまで、この謎めいた空白の異常な長さを不審に思って、その理由を解明しようとした研究者がいなかったのは、どうしてなのであろうか。

書記テクストを最初から最後まで読みさえすれば内容が理解できるとは限らない。筆者の考えはあとで詳しく説明するが、少なくとも、これほど著名な歌人の著作の存在が世に知られることなく、三百年近くも経ってから忽然と姿を現わしたことには特別の事情があったために、貫之自身の強い意向のもとに秘匿されていたと考えるべき確実な根拠がある。その事情とは、『土左日記』が、通常の読み物ではなく、後世の人たちのために、社会のありかたについて書き残した貫之の、事実上の遺書だったからである。

もしも、政治の堕落を糾弾した人気作家の小説が、没後何百年も経って、教会の片隅から発見されたとしたら、その内容に問題があったからであり、作家の遺志を受けて、それを大切に保管してきた人たちがいたに違いないと考えるであろう。

筆者は、その線を追って追跡し、といっても机上であるが、執筆してから発見されるまで、三百年近くに及ぶ空白があった理由は、貫之が、少なくとも自分たちの世代を知る人たちが、みんなこの世にいなくなるまで世に出さないことを、そして、機を見て世に出すようにしてほしいと、信頼できる人物か、さもなければ宗教施設などに依頼して世を去ったためだと考えた。預かった側は何代もの密かなリレーが必要だったはずである、世に出すことを決断したのはおそらく蓮華王院の責任者であり、藤原定家を信頼して処置を一任したのであろう。

『土左日記』は、つぎのことばで締め括られている。

忘れがたく口惜しきこと多かれど、え尽くさず、とまれかうまれ、疾《と》く破《や》りてむ

忘れがたきことは喜怒哀楽にわたるであろう。懐かしい思い出としては、あとで扱う鹿児《かこ》の崎における涙の別れなどがそのひとつである。口惜しきこととしては、たとえば、これも

あとに出てくる話題であるが、伝統ある神社の強欲な神官たちや、畿内の人たちの抜け目ない駆け引きなどが例であろう。それらを書き連ねたら際限がないが、ともかく、早く破り捨ててしまおう、ということである。

それが本心であったなら、何も書かずにその場で破り捨てたはずであろうが、実際には、長年月にわたって世に出さず、後世の識者たちたちに読んでもらうつもりでこの作品を執筆したのである。

## ■『土左日記』を世に出さなかった理由

ミステリーめいた話になってきて、地道な論証を筆者の著作に期待していた読者は眉をひそめているかもしれないので、順を追ってあとで出すつもりだったことの一端を、ここで出して、関心を新たにしてもらうことにする。

『土左日記』の締めくくりは、京の自宅に戻ったときのショッキングなシーンである。任地から戻るまで、家の管理はわたしがしましょうと隣家の主人が自分のほうから言ってくれたので、なにか連絡することがあるたびに物を送っていたのに、帰ってみたら家の庭は荒れ放題のすさまじい状態で、見るかげもなくなっていた。隣人の不実に怒りを抑えきれず、呆然と立ち尽くしてしまったが、「いとは辛く見ゆれど、志《こころざし》はせむとす」、すなわち、たいへん冷淡な相手だとは思ったが、仕来《しきた》りどおり礼をしよう、ということである。

『土左日記』のなかで、書き手は、船が畿内に入ったとたん、停泊する先々で巧妙な手段で物品を要求されており、彼等の口先だけのずるさや勘定高さを憎んでいる。隣家の主人は、書き手が辞退することを予期して、おまかせくださいと心にもないことを口にした。それを真《ま》に受けてしまったことに気づいて口惜しい思いをしたが、それでも、謝礼はしなければならないのが京の煩わしい習慣であった。

それにつけても、任地の人たちの、相手を思いやるやさしい心遣いが懐かしく思い出されたであろう。

この事実をありのままに書き、帰京して間もなく世に出したりしたら、隣人との仲が決定的に悪化することは目に見えている。これひとつだけでも、閉鎖的な京のなかで生じる波紋はたいへん大きく、生活しにくくなることは目に見えていたが、ただそれだけなら、末尾の部分を当たり障りなく書き代えれば済むことであった。しかし、貫之の目的は、隣人の不実を暴露することではなく、それを適例として京の人たちの巧言令色を指摘して深く反省をうながすことであったから、数行の記事を無難な表現に書き改めて済むことではなかったし、地方官僚の腐敗や、願《ぐわん》が適った謝礼を神官たちが吊り上げて私欲をむさぼっていることの指摘（後述）など、社会の浄化を願う心から、思い切って厳しい批判をする覚悟で着手したはずであるから、書いてすぐ世に出すことなど、最初から考えていなかったであろう。

書き手は、この作品をいつごろになったら世に出してほしいと思っていたのであろうか。

隣家の主人を例にとれば、彼が『土左日記』を読んだら、反省するどころか激怒して、ただ事では済まない事態になったであろうし、彼の死後、隣家の子息が読んで、父親が誹謗されていることを知ったらそのまま看過するはずはない。孫になれば、ひ孫になればとなると際限がないが、少なくとも百年や二百年は秘密にしておく必要があったであろう。その頃には隣家の主人に限らず、貫之の世代の人たちはもう生きていないから、自分自身と結びつけずに、隣人の不実を客観的に受け取ることが期待できる。すくなくとも、貫之は、そうなることを期待したのであろう。これを読んで後世の人たちによく考えてほしいというのが『土左日記』を執筆した動機であったと筆者は考えている。ただし、識字階級の、それも、屈折した表現の裏に秘めた書き手の真意を読み解くことのできた人たちに、である。

## ■文献学的アプローチの勧め

貫之自筆の『土左日記』が日の目を見たのは、貫之の死後、三百年近くも経った一二三五年であり、貫之の真意を読み解く作業が始まったのは、二十一世紀になってから、具体的には、二〇〇六年の『古典再入門』、そして、それより一〇年後の本書からである。どうしてそれほどまでに遅れたのかは、和歌の構造変化が生じたからなのである、——といっただけでは、関係ないことを（無理やり）関係づけた白昼夢だとしか読者は思わないであろうが、あとで、紙幅を費やして変化の機序《メカニズム》を詳しく説明する。

定家によると、蓮華王院の宝蔵で発見されたときの状態は、未使用の粗末な下書き用紙を筒状に丸めたような外見であったという。ただし、それは筆者がわかりやすく言いなおした表現であるから、あとで原文を紹介する。

藤原定家のこの覚え書きに筆者はヒントを得て、問題を根底から洗いなおし、有能な歌人が知恵を絞って考え抜いたトリックを解きほぐした。不注意による過誤が少なからずあるとしても、『土左日記』の謎を解いて、その本質を解明できたと、現時点では確信している。

ここまで言い切ると大言壮語の誇りを免れないであろうが、確認するまでもなく、学校教育を記録的にスキップしてきた落ちこぼれが人並みの頭脳の持ち主であるはずはない。これまで『土左日記』に携わってきた多くの研究者とのただひとつの相違は、『土左日記』を読んで不審に感じたことを即座に解決してつぎに進んだりせずに、不可思議な事象を、解明すべき問題として設定し、適切なアプローチを策定して着実に進むという手順をバカ正直に踏んできたことだけにすぎない。

功を焦らずに、ゆっくり急げの格言どおり、着実に固めてゆくことが、書記テクストを資料とする場合、信頼性の高い帰結を導くための唯一の手段である。それは、対象に即した文献学的アプローチの結果にほかならない。そのことを理解していただくためには、本題に入るまえに、筆者自身の遍歴を述べておくことにする。

## ■『土左日記』との出会い

大学の文学部に入って間もないころ、通学途中の東京神田神保町で『土佐日記』を見つけて読んでみたら、なじみのない語句や表現がたくさん出てきて最後までは読み切れなかった。筆者にとっては、これが、日本の古典文学作品との、事実上、最初の出会いである。

それから何年か経って、日本語の歴史が知りたくなって、『土佐日記』を思い出し、時間をかけて読んでみたら、知らないことや、わからないことだらけになってしまった。ユニークというありふれたことばでは覆いきれない、奇妙きわまりない本である。有名な歌人が、どうして女のふりをして日記をつけて読者に読ませようなどと考えたのか、見当がつかない。女性らしい表現は見当たらず、逆に、まさか女性がこんなこれをと驚く描写が出てきたりするので、女の仮面をかぶっても頭隠して尻隠さずではないか。ただし、稚拙とか不用意とかいうことではないのであろう。これには何か、女性のふりをせざるをえない、あるいはしたほうが書きやすい理由があったのだろうとは考えたが、答えは出てこない。ナニカがあることは確かでも、どういう意味のナニカであるかを突き止めなければ、この作品は理解できない。日本文学に深入りするつもりはなかったので、関心は平安時代のことばのおもしろさに自然に傾斜していった。

『土左日記』は仮名文学作品とよんでよいであろうが、おりおり漢字を交えて書かれている。それらの漢字の個々について、どうしてそれが漢字で表記されているのかを詳細に説明した長い論文が公表されて学界の注目を集めていたが、筆者はその論文にも、また、それを賞賛している研究者にも落胆した。なぜなら、それは、『土左日記』のテクストから漢字表記の語を抜き出して、それらの発音が当時の日本語の音韻体系になじんでいなかったために仮名では表記できなかったという理由づけであり、寺院の名称などは別として、そのほかの語について、どのような文脈でそれらの語が使用されたのかが考察の対象になっていなかったからである。

二月八日の記事から、一例をあげておこう。

京への復路で、ようやく、船が海から川の入り口に入り、旅の終わりが見えてきたのに川の水が少ないために遡航できず、停泊したら、船君（書き手）がいつもの持病を起こした。そこに地元のだれかが、新鮮な魚を持ってきたので、米で返礼した、という叙述のあとが、つぎのように続けられている。

男ども、ひそかに言ふなり、飯粒《いひぼ》して、もつ釣るとや、かうやうのこと所々にあり、今日、節忌《せちみ》すれば魚不用《いをふよう》（二月八日）

船の男たちが声を潜めて言っているのが聞こえてくる、飯粒《めしつぶ》でモツ（高級魚の一種）を釣るとかいうのはこれのことだと。これと同じようなことが、船をとめた場所ごとに起こる。今日は精進をしているので魚などいらない。

今日は精進だから魚は使わないよ、と穏やかに言えば和語で断れるのに、漢語「不用」を使い、しかも、吐き捨てるように「不用」で切ることによって、体調不良なのに押し売りに付き合わされた怒りを表明するために、ナリを添えずに「不用」で切っている。

場面と文脈のなかで運用されてこそ、血のかよったことばになることを認識せず、「用」字についても、末尾の音が［ŋ］なので、仮名では書けないので漢字表記になっているというたぐいの説明があるだけで、その場面で漢語が選択された理由に踏み込んでいない。

この場合、「所々」は、船が泊まった場所ごとに、である。乗船して以来、どこかに泊まるたびごとにではなく、身の危険がなくなった畿内の和泉の国に入ったとたん、勘定高い住民が必ず出てくるようになったのである。四国の東岸を航行していたあいだの記事にこういう話は出てこなかった。土左や阿波の人たちは、こういう汚いやりかたをしなかったと四国の人たちを懐かしく思い出している。

筆者がこのようなことに気付くようになったのは、おふたりの文献学者の薫陶を長期にわたって受けることができた賜物なのである。

■ 言語学者＝文献学者に出会う

文学部二年次で河野六郎（1912–1998）先生の言語学の講義を聴講した。初回の講義で知らない専門用語がいくつも出てきて、受講は無理かと断念しかけたが、次週も出席してみたら、強く惹かれるものを感じてその魅力が病みつきになった。それ以後、大学院の課程修了まで連続八年間、先生の講義を毎年聴講して大学を離れたが、アメリカのミシガン大学から研究員として招かれたので喜んで応じた。そこでカルチャーショックを受け、三ヶ月後に専任講師になったのを機に、当分の間、そちらにとどまって、学生に戻ったつもりで本場の言語学を身につけようと決心し、大学側の了承を得ていたが、卒業した日本の大学から、国語学のスタッフに就任するようにという手紙が舞い込んだ。困惑して、二度、辞退したが、結局受諾して、後ろ髪を引かれる思いで二年後に帰国したら、河野先生から、共同で演習をやろうというお話があってびっくりした。いかに何でも格が違いすぎるので辞退申し上げたが、ぜひともというお勧めで腹を決めた。所属は別学科であったが、先生の定年退職までそのセミナーは毎年度継続された。

学部学生で先生の講義に出たのは、もっぱら講義時間の都合がよかったからであったが、あとで知ったら、そのときの先生は助教授で、すでに言語学者、文献学者として注目される存在であった。所信を情熱的に語るタイプの先生ではなかったが、文学研究とか言語研究とかいうまえに、書記テクストを徹底的に読みこなすことが先決だという基本姿勢に心から共感を覚えて、及ばずながら筆者もそれを実践しようと心がけてきたことが、数十年後、筆者にその蓄積を本書の形で書かせることになった。河野先生の口から、そもそも研究とは、ということばが出たのはただ一度、それも、はにかみながらおっしゃったことを記憶している。

## ■文献学的アプローチ

《文献学（Philologie）》という語を聞いたことのない読者が多いかもしれないし、筆者にはそれを要領よく説明できる学殖もないが、『土左日記』の研究との関連において必要最小限のことを述べておけば、それは、古代ギリシャ語の韻文研究から始まった、書記テクストを徹底的に理解しようとする、十七世紀後半のドイツで生まれた研究分野である。それが広く人文学を覆う研究としてヨーロッパ各国に広がり、それぞれの国で個性的に発達して、名称を変えながら現在の言語学《linguistics》に発展している。

ここで強調したいのは、古代の書記テクストを徹底的に研究しようという基本姿勢の大切さである。

大学院に進んだ直後、一橋大学の亀井孝（1912-1995）先生のお誘いを受けて、御自宅に参上し、一対一のお話を頻繁に交わすようになった。交わすとは生意気な表現であるが、先生が、まるで対等の友人のような口調で筆者に議論をもちかけてくださったのである。過大評価されるぐらい苦しいことはない。毎回、極度の緊張の連続であった。

河野、亀井の両先生は幼友達で生涯の親友であったが、それぞれに個性的でもあった。河野先生は不言実行型であり、亀井先生は有言実行型であった。このおふたりの碩学に親しく師事できたことは筆者にとって望外の幸運であったが、師事したといっても、こちらから恐る恐る相談に乗っていただいたのは、ただ一度、学部卒業論文の構想をお話しして河野先生の御意見をうかがったことがあるだけである。先生は、筆者の計画をお聞きくださって、御自分でもやりたい問題だから、出来上がったらぜひ読ませて欲しいと励ましてくださったのがすべてであり、それならこれをこうやればよいという助言はいっさいなかったが、学部学生が考えたテーマをそのまま認めていただけたことは大きな励ましであった。それ以外は、すべて、以心伝心であったが、テクストをきちんと読んで、自分の頭で考えることの大切さと楽しさとを身をもって教えてくださったことが、筆者にとってなによりの力になっている。

この話をここで持ち出したのは、昔はよかったという懐旧談ではない。及ばずながらそれを今日まで実践してきた筆者が書いている本書を読んで、読者にも、そういう地味な足場造りの意義や価値を理解してほしいと願っているからなのである。古臭い印象を受けるかもしれないが、温故知新。ただ古いだけではない。方法の是非や価値は、導かれた帰結で客観的に査定される。

## ■『土左日記』の注釈書(1)

古典文学作品を読む場合には、まず、よい注釈書とよい古語辞典を選ぶことが大切だ、というのが常識になっているようであるが、そのまえに、まず、テクストを自分の力で読んでみて、わからないことがあれば自分の頭でよく考えたうえで、ここまでが現在の自分の力では限界だと思ったなら、はじめて注釈書を見る、という順序を踏まないと、新しい考えは浮かんでこない。まだ、それを完全に実践できる段階まで距離があると思ったなら、だんだんそれができるように、少しずつ移行すればよい。

相対的には優劣があるが、長期間にわたってひとつの古語辞典の主幹役を務めてきた経験をもつ筆者が責任をもって推薦できる現行の古語辞典はひとつもない。ここでその理由を説明するのはやめておくが、外箱の麗々しい広告文を鵜呑みにせず、図書館などで、自分がすでに知っている語を三つぐらい選んで、複数の辞典の解説を比較すれば、相対的優劣の見分けはつけやすいし、どの説明にも満足できない場合も多いであろう。

『土左日記』を読んで不審な個所があったなら、図書館などで複数の注釈書を調べてみると、集団カンニングの答案を思わせる似たり寄ったりの丸外《まるはず》れである場合が珍しくない。我が道を行く注釈書もあるが、それを含めて、利用者を誤導するものばかりである。本書では、その極端な実例をしばしば引用することになる。まして、筆者と同じ問題意識を共有している注釈書はひとつもない。どの注釈書にも共通する誤りを正してみても、部分的改善にとどまるだけで、問題の核心に近づいたという喜びを味わうことはできない。

複数の注釈書がある場合、玉石混交という語がよく使われるが、『土左日記』の注釈書には玉がひとつも見当たらない。有能な研究者が多いはずと思われるのに、誰も表現を正しく解析できていないのは、はじめに例示したような独特の屈折した表現によって、ふつうに読んだのでは真実に近づくことができないように書かれていることに気づかず、他の諸作品と同じように淡々と読んでいるからなのである。

そのことを念頭に置いて「をとこもすなる日記といふものを、をむなもしてみむとてするなり」という『土左日記』の冒頭文の表現を、手順を踏んで解析した結果、〈日記を男文字（漢字）でなく女文字（仮名）で書いてみよう〉という意味であることを証明することができたので、『古典再入門』（小 2006）に詳しく述べておいた。その帰結が大筋において正しいなら、〈女性仮託〉、すなわち、男性が女性のふりをして書いた、という安直な妄説は完全に葬られる。

わかりやすく叙述した効果もあったのか、現役の高校生を含む多くの読者に積極的支持をいただいたが、それから十余年を経た今日でも、この分野の専門研究者からの明示的支持はきわめて少ない。そのなかにあって、「隠されていた意味の発見」と副題をそえた書評で、限定的ではあるが、『土左日記』の冒頭文に複線構造の存在を認めた論考（2007）がある。その趣旨は『新編土左日記』（2013）の補注に、いっそう整理された表現で叙述されている。

この分野の専門研究者の多くが筆者の仕事にほとんど反応しないのは、日本古典文学の素人による道場破りとして無視しているのだと思い込んでいたが、近年になって、誤解であったらしいことに気がついた。それは、古典文学専門の学生が厳しく訓練されるのが、もっぱら平安末期以降の注釈であるために、有名な作品ほどスポット読み（後述）になりやすいのは当然であって、文脈をきちんととらえながら長いテクストを正確に読み取ることが不得手になってしまうからである。もとより、それが顕著な傾向ではあっても、すべての人たちに当てはまるわけではない。ただし、読まないから読めない、読めないから読まない、という研究者が、ナントカ論や個別の作品の注釈大成、総索引の作成など、目に見える業績を積んでいる事例が少なくないことが歴然としていることは間違いないようである。

## ■筆者のスタンス

筆者の著作に初めて接する読者のために、必要最小限の自己紹介をしておきたい。

本書で扱うのは『土左日記』であるが、筆者は自分の研究対象を限定していない。ただし、本書で『土左日記』について、学的レヴェルで考えようとしている以上、〈専門ではないので〉

と、そこまで深くは知らないという逃げ口上を正当化するつもりはない。

広くて浅い研究も、狭くて深い研究も、独りよがりになりやすい。まして、狭くて浅い研究は論外である。理想としては、広く、そして深く、でなければならない、――といっても、おのずから限界があるので、身に合った範囲に限られてしまうのが現実ではあるが、あらかじめ専門領域を決めておくと、自分で解決したいと思い、しかも、解決できそうだと思っても、その専門領域に深入りする決断がつかずに断念したりすることになる。それではつまらないので、みずから特定の専門領域を決めることはしていない。ただし、取り組んだ以上、そのつぎの問題に関心を移してからも、論文や著作で公表した解釈や見解については、引き続き責任を負ってきたつもりである。

# I　表現解析の実践例

## ――推理小説的手法の導入

その日その日につける日記は出たとこ勝負なのでプロットがあるはずはないが、この作品は一貫したプロットのもとに進行している。あちこちにさりげなく船中の出来事に登場する人物は、原則として、その内容に最適の、一回限りの配役である。

以下では、書き手が京に戻る船に乗るために門出した夜から、国司をしていた国の沿岸を離れる部分までの叙述の中から、その国の僧尼を取り締まる国分寺の講師や僧侶たちの堕落した生活態度を、書き手が屈折した表現で暴露している部分や、逆に純粋無垢な土着の人たちへの愛着を表現した部分を中心に取り扱う。

結果として、この領域における表現解析の方法の欠如と、専門研究者の洞察の浅さ、そして、それらの基礎となるべきテクストの読解の杜撰《ずさん》さを具体例に基づいて指摘することにもなるので、日本の古典文学作品を愛する人たちが、今後、作品のテクストの表現を、過不足なく、――ということは、作者の意図した意味に、いっそう近く読み取ることができるようになるのに役立つであろう。

■和泉の国までと平らかに願立つ

最初に取り上げる十二月二十二日の記事全文は次のとおり。

廿二日に、和泉の国までと平らかに願立つ、藤原のときざね、船路なれど馬の鼻向けす、上中下《かみなかしも》、酔《ゑ》い飽きて、いと怪しく、塩海《しほうみ》のほとりにて、あざれあへり。

この章における問題は、つぎのふたつである。⑴、⑵の順序で考える。

⑴どうして、「二十二日」を独立させずに、「二十二日に、〜」としているのか。

(2)船路で京に戻るのに、どうして、それよりかなり手前の和泉の国まで平穏無事にと願を立てたのか。

テクストには、解由《げゆ》、すなわち、在任中の職務に問題がなかったことを証明する引き継ぎの文書を新国司から受け取って、戌《いぬ》の刻《とき》（現今の午後八時ごろ）に国司の館を出て門出《かどで》し、「船に乗るべき所へ渡る」と記されている。『古典再入門』では、京に行く船が到着するまで、しばらく仮住まいに移ったと理解し、その地で仲良くしていた人たちが別れを惜しんであれこれ世話をしてくれているうちに、「夜、更けぬ」と結んであるので、冒頭からの表現解析をそこで打ち切り、つぎの話題に移った。「門出」という語から『更級日記』の門出を連想したからである。ことばをきちんと把握せずに、常識を優先したことによる早合点であった。そのために、乗船するはずの場所の近辺の仮住まいに移り、その晩は、そこでみんなが話に花を咲かせたと理解した。その船が京に出航したのは十二月二十七日だったので、あと六日もあったので、まだ入港していないはずだと判断したからである。しかし、二十七日に出航したことは、テクストをそのあとまで読んで得た知識であって、既成の知識を白紙にもどして、冒頭から順序よく読んで理解を積み重ねてゆくのが文献学的アプローチ（後述）の手順でなければならないのに、早とちりしてしまったのである。そもそも、船は港で荷物の積みおろしをしたり、船乗りたちの休息も必要なので、到着してすぐに折り返したりしないことぐらいわかっていたはずなのに、順序を乱して考えてしまったのである。

この安易な想定は、書き手による一月十六日の、つぎの回想によってくつがえされた。

　さて、船に乗りし日より今日までに、二十日あまり五日になりにけり

一月十六日から二十五日前は、一月が十六日間と、十二月の九日間とであるから、逆算すると十二月二十二日に乗船したことになる、——ということは、目的の場所に着いて、そのまま乗船したことになる。この門出は京への引っ越しであるから荷物が多い。「船に乗るべき所へ渡る」の「渡る」は、川を渡って向こう岸に移動する場合に多く使われる。この場合は陸上から船への移動なので、この動詞が自然に頭に浮かんだのであろう。二十一日の夜に門出をすれば、時刻としては翌日に到着したはずであるが、起きている間は二十一日のままであり、その後で眠って夜が明ければ二十二日になる。

些細なことだといえば、まさにそのとおりである。しかし、それ自体は些細であっても、その裏にどういうことが隠れているか即断はできない。

本書では、『古典再入門』で扱った部分からの続き、すなわち、門出の翌日からあと、四国の東岸を経て京に近づくあたりまで、『土左日記』の本質を求めてエピソードをランダムに選択し、表現を解析する。それは、とりもなおさず、この領域における表現解析の方法の欠如と、専門研究者の洞察力の貧しさとを浮き彫りにする結果になるが、真実に近づくため

に乗り越えなければならない。右には、筆者自身の軽率な過ちを自白したが、以下に率直に指摘することも、はっきりとした方法を構築して確実な結果を導くためにきわめて大切であることを具体例を検討することによって理解してもらうためである。

ということで、そろそろ本題に入ろう。

（十二月）廿二日に、和泉の国までと平らかに願立つ

目前の課題は、「廿二日に」のあとの助詞ニである。どうして、この事例では助詞ニが付いているのであろうか。

「昨日は終電が事故で、家に帰ったのはもう三時だった」というのは不正確であるから、今日の午前三時だったと言うべきだと注意されたら、読者はなんと返事するであろうか。それでだれも間違わないから、このままでよい、というのは、現実を正確にとらえていない。午前何時まで夜更かししていても、その日の続きであって、そのあと眠って、はっきり目が覚めれば、そのときから翌日になるのが、生活に即した区分だからである。

「廿二日に」と『土左日記』の書き手が書いたのは、前日、大忙しだったために、仮眠しただけで目が覚め、すぐに起きて、何よりもまず、心配でたまらなかった海路の安全を祈願した、という含みでこのように表現したのである。

日記の日付の位置に「廿二日」と書き、行を変えて「和泉の国までと平らかに願立つ」と

書いたら、昨日は昨日、今日は今日で、無関係の行動になってしまう。その意味で、この場合、助詞ひとつの醸し出す切迫感はたいへん大きい。

日にちの巧みな使いかたには、つぎのような事例もあることを追加しておこう。

（二月）十二日　雨降らず、（略）

十三日の暁に、いささかに雨降る、しばしありて止《や》みぬ、（略）

十四日　暁より雨降れば、同じ所に泊まれり、（略）

早く出航してほしいが、雨が心配で寝付けないでいたら、十三日の暁に、と、「に」を付けて、前日とひと続きの表現にしている。しかし、「いささかに雨降る」、すなわち、ちょっと雨が降って心配になった、が、しばらくして雨音がやんだ。そこでまた希望がわいてくる。こうして、書き手のやきもきが読者までをやきもきさせたあげく、翌十四日は朝から雨で、またまた足止めが続くことになった。「いささかに雨降る、しばしありて止《や》みぬ」を「雨降れど、しばしありて止みぬ」としたら、もう大丈夫だと、ドキドキ感は消えてしまう。

一日単位で書く日記で、三日セットの心理動揺を描くことなど絶対にできない。『土左日記』が、一日ごとにつけた日記でないことは明らかである。

彼の頭は海路の安全だけでいっぱいだったが、祈願し終わったとたんに欲が出て、「平らかに」、すなわち、「平穏無事に」と付け加えたのがこの形である。

「和泉の国までと平らかに願立つ」では語順がおかしいので、「和泉の国まで平らかにと願立つ」と、助詞トの位置を後ろに回して文意を理解すべきだという主張は、浅薄な文法至上主義が災いした致命的な小細工である。書き手は、この語順による表現効果を計算して意図的にこの順序にしたはずだという前提で作者の表現意図を探ってみるのが正統の手順である。まして貫之が書きなぐったりするはずがないし、作者自筆の『土左日記』は、藤原定家の次男、為家が、原テクストを仮名文字のヴァリエーションまで忠実に写し取ったテクストが伝存しているので、助詞トの位置を後人が写し誤った可能性はないと考えてよい。

書き手にとって何よりも心配だったのは、和泉の国まで到達できることであったから、「和泉の国まで」と必死の願を立てたが、願を立て終わりかけて、命からがらではなく平穏無事にと、あわてて付け足したのが、この形である。少なくとも、テクストを初めて読んだ段階では、そのように読むべきことになる。

和泉の国は現在の大阪府南部であるから、そこまで無事にたどり着けば、あとは淀川を遡上して京を目指すことになるので、風雨や海賊の来襲から解放される。筆者自身も、「和泉の国まで」と願を立てた理由が、以前は、それですなおに理解できた。ただし、「さしあたり和泉の国まで無事であるようにと願を立てた」という現代語訳は、いずれにせよ支持できない。なお、この現代語訳のある注釈書には、「大阪府南部。難所紀淡海峡を渡り、そこまで到れば京は近い」という頭注がある。他の解説も、その先は川を遡行するコースになるので安全だから、という意味の注を付けているが、目的地に近くなれば安全だとは限らない。

腰を据えて考えてみよう。同じ船で、四国から京までひと続きの旅をするなら、目的地の京まで安全に、と願を立てるのが人間の心理として自然であったと思われるのに、途中のどこそこまで安全に、などと願を立てたことは奇妙である。これは、書き手の屈折した手法のパターンであって、安全保障がなくなる和泉の灘で、神仏の加護がなければ絶体絶命の局面に遭遇することになるであろうと十分に想定される。初めて読んで、その立願は奇妙だと気づく読者はまずいないかもしれないが、あらためて読みなおせば、途中までという祈願のしかたは、そうとしか考えようがない。ただし、書き手のプロットでは、その難関を何らかの手段で乗り越えて、京にたどり着くことになっているはずであることもまた確実に推定できる。はたして、どのようにして船客たちは生き延びたのであろうか。

### ■和泉の灘（一月卅日）

前節に引用した注釈書に「難所」と記されていた紀淡海峡とは、紀伊（和歌山県）と淡路（淡路島）との間の海峡で、海賊の出没する恐ろしい海域であった。

卅日、雨風吹かず、海賊は夜歩《よるある》きせざなりと聞きて、夜中ばかりに船を出して阿波の水門《みと》を渡る、夜中なれば西東《ひむがし》も見えず、男女《をとこをむな》辛く神仏を祈りて、この水門を渡りぬ、（略）辛く急ぎて和泉の灘といふ所に到りぬ、今日、海に波に似たるものなし、神仏《かみほとけ》の恵み蒙《かうぶ》れるに似たり、（略）今は和泉の国に来ぬれば、海賊、ものならず

「辛く」とは、かろうじて。この場合は、怖くて何も考えられず、ただそれだけを懸命に、である。和泉の灘まで無事に着くことができたので、もう海賊など怖くはないと、生気を取り戻しているのに、書き手は、「神仏の恵み蒙れるに似たり」、すなわち、まるで神仏の加護があったのと同じ結果になったと言って、神仏の加護があったからだとは認めていない。

アニミスティックな神に対して不信の念を払拭し切れないでいるインテリ貫之の曖昧な姿勢であるともいえるし、神と自分達との間に、（略）俗物楫取りの介在を認めることを潔《いさぎよ》し（難字入れ替え）とせぬ貫之の抵抗がそこに見られるともいえよう。

この注釈書の解説はストーリーから完全に浮き上がっている。筆者が考えるところ、これは、そういう難しい話ではない。

前夜の行動を振り返ってみよう。まず、海賊は夜には行動しないと聞いて、真夜中に舟を出し、漆黒の闇の中で海峡を渡り、早朝にひとつの島を、次いでもうひとつの難所を渡って大急ぎで和泉の灘という所に着いている。正確な判断力と抜群の操船能力とを発揮しなけれ

ばできない、楫取《かじとり》を筆頭とする、プロに徹した男たちによる離れ業だったからである。
これで海賊の心配はなくなったが、最後の難関である和泉の灘の荒波が残っており、神の恵みを受けられるかどうかはそこで明らかになる。彼らは、その時点で難所として知られる和泉の灘の手前に位置する「和泉の灘といふ所」におり、これから最大の難所である正真正銘の「和泉の灘」を渡らなければならないのである。

書き手にとって神はどういう存在だったかを物語るつぎの挿話が二月五日の記事にある。かなり長いので全部引用して表現を解析することは断念せざるを得ないが、折を見て、皮肉たっぷりの原文を読んでみることを勧めたい。信仰に関わることなので、不愉快に思う読者がいるかもしれないが、そういう人もいたのだろうと寛大に受け入れておいて、書き手の真意がどこにあるかを確実に把握してほしい。

　五日、今日、辛くして和泉の灘より小津《をづ》の泊りを追ふ、（略）「船疾《と》く漕《こ》げ、日のよきに」と催《もよほ》せば、揖取《かぢとり》、船子《ふなこ》どもに曰く、御《み》船より、おふせ給《た》ぶなり、朝北《あさきた》の出で来《こ》ぬ先に、綱手《つなで》はや曳《ひ》け、と言ふ、（略）今日、波な立ちそと人々、ひねもすに祈る験《しるし》ありて、風波立たず、（略）

「和泉の灘」は実在しないので、「地名の不実記載」として詳しい考証があり、つぎのように結論づけている。

二月五日の出発点を、「和泉の灘」と記していることは、名と実と二重の錯誤を犯していることとなる。こうした念入りな地名の不実記載は、決して単なる無知とか、記述の粗漏のみを理由として説明し得ることではない。恐らくそこには、表現上の効果を期待する特殊な創作的意図があったに違いないと思われるのである。

「不実記載」とよぶことの適否はともかくとして、結論は正しい。しかし、どういう意図があったのか抽象的にすら説明がなければ意味をなさない。

右のように大げさに表現しなくても、『土左日記』をこの部分まできちんと読んでくれば、書き手のプロットはもはや透けて見える。読み手の立場で考えれば、和泉の国に着くことはできたが、遡航して京に通じる淀川に入るまえに最後の難関がある。もしも、そこで難破でもしたら、すべてが水の泡になるというハラハラさせる仕掛けがないはずはない。その場所の名は、難破や沈没を連想させる和泉の「灘」である。

一月末日に和泉の灘という名の所に着いたが、その翌日から風雨に足止めされて、二月五日に、ようやく出航した。船を早く漕げ、天気がよいのだから、船を曳く綱を早く引けと促して楫取が漕ぎ手たちに言った、御船《み》(=書き手)から「おふせ」を下さるそうだ、朝の北風が吹かないうちに、船を曳く綱をどんどん曳けと。

「おふせ給《た》ぶなり」の「おふせ」は、意味不明として、いくつかの解釈が提示されているが、どれも説得力に乏しい。筆者にもわからないが、そのあとの流れを読むと、「お布施」ではないにしても、仲間どうしで「おふせ」とよぶ、もらってうれしい物をくださるという意味であれば文脈がつうじるので、思いつきではあるが、そういう意味だと仮定して、そのあとを読んでみよう。

「おふせ」とは右のような意味かもしれないと思ったのは、楫取が、自分で釣った鯛を何度も持ってきて米や酒をもらい、良い機嫌になっていたという一月十四日の記事や、このあとに出てくる、「(強欲な)楫取の心は(強欲な)神の御心《み》なりけり」という書き手の述懐から思いついたものである。このたび書き手がみんなにくれるという「おふせ」は、全員一致で達成した海賊からの見事な遁走劇の褒美かもしれない。神業《かみわざ》ともいうべき技量で船客の安全を守ったのであるから、謝礼をもらうのは当然だと楫取は思っている。楫取は、書き手をおだてて「御《み》船」とよんでいる。「おふせ」は、船君の自発的意思ではなく、楫取の側から要求したのであろう。

楫取が言った「御船より　おふせ給《た》ぶなり、朝北の出で来ぬ先に綱手早引け」は、まるで和歌のようであるが、これは楫取の口から自然に出たことばである。楫取は、和歌のつもりではなかったと言ったが、書き手が、不思議に和歌のように言ったものだと字で書いてみたら、まさに三十文字《みそもじ》余り（＝三十一文字）であった、――というところでその話は切れているが、自然に和歌の音数律になっていたのは、楫取がルンルン気分だったからに違いない。和歌の旋律は心の自然な反映であるという持論をさりげなく確認するとともに、この楫取が、いつも粗野な言葉づかいをしているのに、今日に限ってそういう言いかたをしているのは、「おふせ」が楽しみで、自然に歌になったのだと、楫取の欲深さを読み手に印象づけて、このあとに出てくる欲張りな神と結びつけている。

京に近づいているという実感がわいてきたので、船客たちは天候のことなど忘れて、遠くに見える景色を和歌に詠んだりしていたら、突然、大風が吹いてきて、漕いでも漕いでも船がどんどんあとずさりして、危うく海に引き込まれそうになった。という場面で――、

楫取の曰く、この住吉の明神は例の神ぞかし、欲しき物ぞおはすらむとは今めくものか、さて、幣《ぬさ》を奉り給《たま》へ、と言ふ、言ふに従ひて、幣奉る、かく奉れゝども、もはら風止まで、いや吹きに、いや立ちに、風波の危ふければ、楫取、また曰く、幣には御心のいかねば、御船もゆかぬなり、なほ、うれしと思ひ給《た》ぶべき物、奉り給べ、と言ふ、また、言ふに従ひて、いかがはせむとて、眼《まなこ》もこそふたつあれ、ただひとつある鏡を奉るとて海に打ち嵌《は》めつれば、口惜《くちを》し、されば、打ち付けに、海は鏡の面《おもて》のごとなりぬれ

ば、ある人の詠める歌、

ちはやぶる　神の心を　荒る、海に　鏡を入れて　かつ見つるかな、いたく、住《すみ》の江、忘れ草、岸の姫松、などいふ神にはあらずかし、目も、うつらうつら、鏡に神の心をこそは見つれ、楫取の心は神の御心なりけり

神の心を、想像するだけでなく、目の前で鏡を入れてそれを見届けた、ということである。ここまで来る途中に船の上から眺めて和歌を詠んだ「住の江」、「忘れ草」、「岸の姫松」など、優しい、しかし役に立たぬ神々とは大違いである。

楫取が言うには、この住吉の明神は、貪欲で知られているあの神なのだ、欲しい物がおありなのだろう、とは、なんと近頃ふうの、端的な物言いだろう、何にしようか、幣を奉りなさいと言うのでそのとおりにしたが風はまったく止まない、風はますます吹くし、波はますます立つばかり、風も波も危険なので、楫取りが、また、幣には神の御心がゆかない（＝満足しない）から御船も進まないのだ、もっと嬉しいとお思いになる物を奉るようにと言う、また、楫取の言うとおりに、考えて、大切な目でさえもふたつあるのに、たったひとつしかない鏡を海に沈めて、もったいなかったが、立ち所に風が止んだ。

書き手が、つぎの和歌を詠んだ。

ちはやぶる 神の心を 荒る、海に 鏡を入れて かつ見つるかな

これに近い出来事が実際にあったので、それを脚色してこの挿話を作ったのではなく、近年、格の高い神社の神官たちが、物欲に駆られて、ほしいままに暴利をむさぼっていることを批判した作り話であることは間違いない。

此一篇が当時での滑稽強調の小説でありますから、その意のある所は、神を我利我利亡者の楫取並みに仕立てる所にばかりあるのではありません。（略）「楫取の心はかみのみ心なりけり」に結んで、かがみ（鏡）から、かぢとり（楫取）に従って、かの字一つを略くと、かみ（神）となるといふ大変凝った洒落の落しであります。

カガミから、かじとり（カ字取り）、すなわち、カの字を取るとカミになる、これこそ完璧な洒落に違いないと、その謎解きに敬服してしまいそうであるが、残念なことに、当時の畿内方言では、「かぢとり」の「ぢ」と「（文）字」の「じ」とは発音が明確に区別されて使い分けられていたので、それは成り立たないという反論が提示された（1951）。これは、日本語史の初歩的知識である。しかし、別の注釈者が、その反論を、つぎの理由で拒否している。

これはあまりにも窮屈な考えである。地口《じぐち》の洒落に、それほどまでに厳密な音韻上の合致を要求することもあるまい。（略）、

このあとに、その根拠が列挙されているが、音韻史の基本的知識（2014）を無視したお茶呑み話レヴェルの素人論なので、とうてい成り立たない。

一月二十二日の記事に、「和泉の国までと平らかに願立つ」とあったことについて、注釈書は、和泉の国に着けば、あとは危険がないからと解説しているが、ここまで読んでくると、営利事業のような畿内の有名な神社には願を立てたくないので、住んでいた土地の寺社の力が及ぶ限界に当たる和泉の国の入り口まで安全にと願をかけたのだとわかってきた。『土左日記』の冒頭部分は、これだけでなく、ひとつひとつが、あとの展開のための布石になっていたのである。

このように揶揄した表現で神社のありかたを批判した著作を自分が生きているうちに世に出したら、天罰覿面《てきめん》、書き手が現世でどんな目に遭うかは目に見えていた。

楫取りの心は神の御心であった、と結ばれているから、神の御心は楫取の心でもある。「おふせ」をくれると聞いて、朝には上機嫌で部下に指示し、事態が難しくなると、本性を出して、書き手に、有無を言わさず指図している。なお、書き手は、神を楫取とほとんど同列に置いて、尊敬語を低く抑えている。

## ■虚に込められた実

問題の流れで、日付の順を大きく飛び越えて説明したが、ここで、「（十二月）二十二日の「和泉の国までと平らかに願立つ」に戻ろう。

住吉明神の挿話でわかるように、『土左日記』は、書き手が経験した事柄の記録ばかりではない。実と虚とが入り交じっているが、この作品に一貫しているのは虚の側の流れであり、実録という印象を保ちつづけるために、実や、実らしきことが随所に交えられている。したがって、「廿二日に〜」という表現も、書き手には二十二日が前日の二十一日から切れ目なしに連続していると読者が無意識にとらえるように工夫した作者の文章力を賞賛すべきである。

あまりにもくだらない駄洒落の頻出を見て、貫之の諧謔はすばらしいとか、貫之にしては下手としか言いようのない和歌を見て、さすがは貫之の和歌だなどと有り難がるのでなければ、旅のつれづれなればこそ、こんなにつまらぬ駄洒落や下手な歌を書き留め得たのだと気づくのではないか。（参考）

この著者は、駄洒落や駄作の和歌だけでなく、『土左日記』そのものをこれと同じ視点からとらえている。

■ **読解力**

〈「平らかに」と「立つ」とは対語であり、言語遊戯〉、と解説している複数の注釈書がある。

水平と垂直との対比がおもしろいという説明であろうが、古い注釈に飛びつくまえに、生死に関わる必死の立願を、言語遊戯で表現することがありえたかどうか考えてみるべきである。そもそも、この表現を読んで、「平らか」は水平、「立つ」は垂直だから対になると即座にとらえる読み手など、事実上、ゼロであろう。この立願をはじめて読んだときに、注釈者自身が思わず笑ったり、ほほえんだりしたかどうかを思い出すべきである。以下にも、言語遊戯がしばしば出てくるので、注釈者の読解力がそのたびごとに問われている。

## ■辟地の藤原(1)

『伊勢物語』第十段に、つぎのエピソードがある。

物語の主人公である「をとこ」は、社会的に許されない女性関係がもとで京に住みにくくなり、東国に住もうと旅立って、あてもなくさまよい、武蔵の国にたどり着いて、その地の女性のもとに通うようになった、という前置きのあと、つぎのように続いている。

父は異人《ことびと》にあはせむと言ひけるを、母なむ貴《あて》なる人に心つけたりける、

父は別の男性と結婚させようと言ったが、母は高貴な男性にひかれていた

父は直人《なほびと》にて、母なむ藤原なりける、さてなむ貴《あて》なる人にと思ひける

父はふつうの家柄であり、母は藤原家の出身であった、だから、高貴

な人に娶《めあわ》せようと思ったのである。

右の短い一節に、いわゆる係り結びに使われる助詞ナムが続けて三度も使われている。そのことについて考えたあとで、藤原のときざねとは何者だったかの解明に戻る。

## ■ナムの機能を確かめる

以下に述べることは、学校で教えたり習ったりすることと、したがって、古典文法や古語辞典などの説明と大きく異っているが、慎重に表現しても、すでに『古典再入門』で提示し、本書で以下に詳しく裏付ける帰結が正しい路線上にあると確信している。

ナムの係り結びの基本機能は、そこまでの一連の叙述が、そのセンテンスまでで大きく切れることの告知である。したがって、そのあとに、さらに叙述が加わる場合には、話題が転換する。すなわち、話変わって、という新しい話題のはじまりになる。（小2014Ⅴ章）

学校文法などで扱う最長の単位はセンテンスである。日常生活で交わされる単純なやりとりなどはそれだけで伝達が完結する場合も少なくないが、まとまった内容を伝達しようとすると単一のセンテンスでは完結できない。たとえば政治家の演説とか学校の講義、あるいは文字で書いた小説や物語などは膨大な数の、非可逆的な、すなわち、順序を変えることのできないセンテンス群で構成される。

古典文法では、係り結びに使われているゾ、ナム、コソを〈強意・強め〉の係助詞と説明しており、古語辞典の類もそれに従っているが、どうして口語文法には強意の係助詞がないのであろうか。それは係り結びが現代語にないからだと説明するとしたら、どうしてそれほど大切だった係り結びがなくなってしまったのかを合理的に説明できなければならない。

「あしたは三時に来ます」のアシタを強調し、つぎに、サンジを強調して口にしてみよう。すぐにわかるとおり、文中の特定の語句や句節を印象づけるには、その部分を際だてて発音するだけのことであり、強意の助詞の出番がない。そのかわり、キット、ナルベク、デキレバなど、副詞がたくさん用意されている。過去の書記テクストではどこを際立てるべきかわからないのでそれが不可欠だったというと、もっともらしく聞こえるが、それは文脈で判断できることであって、そのための助詞など不要であった。際立たせることを明示したければ、「名にし負はば、いざこと問はむ」（伊勢物語九段）のように使う助詞シがあった。

## ■仮名と活字との非互換性

活字印刷のテクストを読み慣れていると、毛筆で書いた仮名文のテクストなど、とうてい読めないと尻込みしてしまうが、腰を据えて読んでみると、わずかな試行錯誤を経ただけで、句読点や引用符などなくても語句の切れ続きを容易に読み取れるようになる。なぜなら、毛筆の運用によって語句の切れ続きが明示されており、また、係り結びなどによって句節の切れ目も容易に読み取れるからである。ただし、内容を理解できずに写し取ったテクストは切れ続きが曖昧で、解読に骨が折れるし、誤りも多い。毛筆の美しさを顕現するための作品でも和歌なら音数律が解読の手掛かりになるが、散文は解読しにくくなる。

毛筆で書いたテクストを活字で置き換えたものを、事実上、等価と見なして利用している研究者が多いが、活字化は現代の必要悪のようなものであるから、やむをえないが、活字に置き換えたテクストを使用する場合、どういうところを警戒すべきかを心得ておくために、毛筆のテクストを読み解いた経験をもつことが不可欠である、——と筆者が気づいたのは、実のところ、かなり年配になってからであった。筆者は事実上、習字を習ったことがなく、目で読むことだけを独習したので、書くことはできないが、その程度でも、書家とまったく違う観点から発見した事実の一端を報告した著書がある（小 2011）。

日本語史研究者の多くは、以前の筆者がそうであったように、毛筆のテクストが貴重な言語資料になることを認識しておらず、また、書家の多くは毛筆の美的な運用に関心が集中しているために、意味を意識せずに美しく書いているので、宝の持ち腐れになっている。

## ■ 僻地の藤原(2)

ナムの係り結びは、長い文章のなかで、叙述の大きな切れ目を示すのが基本であって（小 2014）、右に引用した一節のように、立て続けに使われている事例は珍しい。

この挿話を読む人たちがいだく疑問に理由を示しながら、娘の父がなんと言おうと、母は受け付けず、この貴公子でなければと主張する理由が明らかになり、「さてなむ」で理由を明確にして締めくくり、母が藤原一族であることを鼻にかける態度を彷彿させて、つぎの話題に移っている。

そのあとには、彼女が娘に代わって「をとこ」に和歌を送ったが、形式を踏んでいるだけで用語や表現によって無教養な田舎者に過ぎないことがはっきりしたので、「をとこ」は、相手に傷がつかない表現の和歌を残して去っていった、という結末になっている。

あとのために確認しておくと、この藤原の女は、「さがなきえびす心」、すなわち、東国人のよくない性格の持主で、情趣を解さない心をもった、したがって、京の女性とは似ても似つかない、東国女性の典型のひとつとして登場させた架空の人物に相違ない。

書き手は、『伊勢物語』に精通していたので、前引の第十段にヒントを得て、みずからの任地にも藤原を登場させ、東国の藤原と対比させようとしたに違いない。

以上のことを念頭に置いて、藤原のときざねが催した「馬の鼻向け」の宴に戻ろう。

## ■藤原のときざね

事実の記録のなかに出てくる人物を文献で確認することができなければ、さしあたり、「伝未詳」、「伝不詳」などとしておくのが通例である。「藤原のときざね」についても、その形をとっている注釈書はあるが、「実名、仮名、架空の人物、いずれとも決しかねる」と匙を投げたり、「土佐国府の役人か」と推定している注釈もある。

この数日は、国衙《こくが》で下僚であった人のみならず、この国で知り合った多くの人たちが催してくれる送別の宴で忙しい。人々の厚情が嬉しくて仕方がない前土佐守の心を体して、日記の作者は、送別会主催者の名を土佐国分寺の僧官のほか、藤原のときざね、八木のやすのり、… などと、送別会主催者の名をわざわざ書き付ける。（参考）

この説明はテクスト（十二月廿三日、二十四日）の内容と際だった違いがあり、文献学的アプローチの対極にある。

藤原姓であり、書き手が船で旅立つ日が目前に迫っていて、送別の宴を主催するのが三人に限定されていたうちの第三位（宴の順序は第一番）に位置づけられており、職位が記されていないので、地元の有力者のような人物ではないであろうか。宴における彼らの行動は、藤原姓を疑わせるほど下品きわまりないものであった。

## ■ 船路なれど馬の鼻向けす

「馬の鼻向けす」とは、遠くに旅立つ人を見送って、別れる際に、行く先の方向に馬の鼻を向けて無事を祈ることが原義であったが、この時代には、見送りではなく、記念の品を贈ったり酒食でもてなしをしたりするのがふつうになっていたようである。

冬の海路は寒いだけでなく、風雨で遭難する危険があり、そのうえ、海賊が出る海域を通過することになるので、主賓は、生きて京の地を踏めるかどうか心配でたまらないのに、慰めや励ましのことばもなく、また、長年の労苦を謝することもなしに、陸路で行く人と同じに扱って気楽に宴を催している様子を、書き手は「船路なれど馬の鼻向けす」と揶揄しているのである。現に、出航後の記事では、つぎのように述懐している

船君なる人、波を見て、国より始めて、海賊報《むく》いせむと言ふなることを思ふ上《うへ》に、海のまた恐ろしければ、頭《かしら》もみな白けぬ（一月廿一日）

考えると、海がまた恐ろしくなって、白髪の頭がいっそう白くなった。ということである。主賓がそういう心境でいるのに、「馬には乗らない船旅だが、馬の鼻向けをする、という諧謔表現」と解説しているのは、場面も文脈も考慮せずに語句を抜き出してその意味を考えているからである。テクストのこういう読みかたを、筆者は、〈スポット読み〉とよんで排斥している。

さきにも述べたように、伝統的国文学では、古注とよばれている平安末期から中世の、そして近世の注釈を網羅的に検討することを重視してきた伝統がスポット読みを定着させたと筆者は考えている。『土左日記』のテクストが十三世紀になってから発見されたために、この作品については近世の注釈が重んじられているが、あとで理由を説明するように、取るに

足らない思い付きが多すぎるので、本書では、入手または閲覧の容易な現行の注釈書を中心に引用するが、矛盾のおかしみをねらうのが作者の意図であったとか、さらには、「この作品の当初読者が子供であって、大人ではないということをみずから告白しているものである」とかいう、度を越した穿《うが》ちすぎにまでなっている。

「諧謔」という語の意味を現代語で簡単に置き換えることは難しいが、あえてひとつにまとめるなら、〈ユーモラスな一言《いちごん》〉、すなわち、〈ジョーク〉であろうか。〈洒落《しゃれ》〉と言う語もあるが、以下には、『土左日記』注釈書の慣用語として、「諧謔」を使用する。

「平らかに願立つ」の例は極端であるが、注釈者が「船路《ふなぢ》なれど馬のはなむけす」を、語源に遡って諧謔だと笑いとばしてしまったばかりに、多少ともひねった言い回しが出てくるたびに、諧謔だ、駄洒落だと軽くあしらってしまい、書き手の真意が、そして、この作品の本質が、大きく歪められたままになっている。

書き手は、送別の宴が開かれた日の早朝、何よりもまず海路の無事を祈って願を立てているが、先に引用した住吉明神の話でわかるように、書き手の信仰心は驚くほど希薄であるようにみえる。しかし、それは、おそらく、神仏一般ではなく、魂を失った一部の神社の神官に限ってのことであろう。そういう神官たちが、不当に吊り上げた願の謝礼など払わずに、任地の神社が守ってくれる限界に当たる和泉の国の入り口までの無事を祈った、——と、読み取れる。したがって、願を立てたこの部分を、筆者は、はじめて読んだ時点から、書き手の信仰心を疑ったりしなかったが、ずっとあとのほうに出てきた和泉の灘のエピソードを読んで、あれはこのときのための伏線だったのだと気がついた。

「和泉の国まで」と願を立てたのは、そこから先はもう安全なのだからと筆者は納得していたし、注釈書にもそう書いてある。しかし、書き手のプロットでは、和泉の灘で遭遇する難局を、神の加護なしに乗り切らせるために、「和泉の国まで」、すなわち、その直前まで平穏に、と願を立てさせたに相違ない。落ちついて考えれば、目的地まで同じ船で行くのに、その途中まで無事にと願を立てたりすることは、不自然という以上に、事実上、考えられないだけでなく、乗り切らなければならなかったのは、そのすぐ先に控えている、文字どおりの「灘」であった。そのすぐ手前の停泊地と、灘そのものとが同名でよばれていることは、そこまで行ってみて、はじめてわかることであった。

## ■塩海のほとりにて

『土左日記』よりもあとの時代であるが、『更級日記』の作者は、房総半島から京まで海沿いに旅をしてきたので、門出したときから、ずっと「東《ひむがし》、西は海近くて」という眺めであったが、京の近くで淡水の琵琶湖を見て、「みづうみのおもて、はるばるとして（略）いとおもしろし」と、美しい景色に見ほれている。「みづうみ」は現今も「みずうみ」である。『土左日記』には、当然ながらウミという語が出てくるが、他の諸作品を含めて、筆者は、ここ（＝十二月二十二日の記事。42ページ参照）以外に「しほうみ」という語に出会った記憶がない。なぜなら、ウミとは塩水の海を指す語だからである。それだけに、ここでは、〈食物を腐らせないはずの塩〉という意味が、皮肉としてよく効いている。

「あざれあへり」の「あざる」には、〈なまぐさい〉と〈ふざける〉と、ふたつの意味があり、ここではそのふたつが重ね合わされている。注釈書は、ここも諧謔と見なしているが、危険な海路に旅立つ書き手の心配など考えもせず、酒に酔いつぶれている連中の浅ましさに、親分が親分なら子分も子分だと、書き手は呆れている、――と、この段階では読み取れる。

この一節については、〈掛詞〉という和歌の用語が頭をかすめるかもしれないが、ここは和歌でなく散文である。この事例は、すぐれた歌人ならではの、和歌の手法の柔軟な応用であることに注目しておきたい。なぜなら、書き手の柔軟な応用力が平安時代における和歌の技法を散文に導入しているからであり、それを見破れない人たちが、『土左日記』の真意を今日まで読み取り損なってきたのである。そのことは、あとで実例に基づいて具体的に説明する。なお、いちいち〈複線構造による多重表現〉とよぶのは煩雑なので、以下、〈複線構造〉と略称する。

## ■土左の藤原が担った役割

送別の宴を催した藤原のときざねに、前引の注釈書は、「伝未詳」と注記しているが、彼が実在したとは考えにくい理由がある。

書き手は、『伊勢物語』にヒントを得て、藤原をここに登場させ、僻地にいる無教養丸出しとしかみえない藤原氏の末裔《まつえい》を読者にイメージさせようとしたのであろう。ただし、東国の藤原は女性でありこちらの藤原は男性であるから、同じく藤原ではあっても性格や行動パターンまで瓜ふたつとは限らない。この作品には実在の人物として登場させているので、書き手にだまされたつもりになってその先を読んでみよう。

この人物は藤原姓であるから、辺境の土左では相当の有力者だったであろうし、だからこそ、盛大な送別の宴を催すことができたのであろう。しかし、彼は、ねぎらいのことばひとつ口にせず、ただ送別の宴を催して酒を飲み、大騒ぎしただけであった。下位の連中も泥酔して、塩があるので腐らないはずの海辺の、腐敗臭を発散する嘔吐物のなかでふざけあっている、という最低の人間たちである。そのかわり、東国の藤原のように、見栄の塊であった様子はまったく見られない。

この日の記事の末尾に、「ここまでで、この作品の特質である諧謔性が明らかになる」と読者の注意を喚起している注釈もある。この日記の基層が諧謔性であることをこの作品の早い段階で指摘していることが見当外れだったとしたら、専門家による注釈に間違いはないと無邪気に信じてこの作品を読んでいる読者に対して負うべき責任は重い。

たぐいない名文家であったこの書き手が、この文脈で、どのような効果を期待して駄洒落を口にしたのだろうと疑問をいだいたなら、京に戻る船旅を、この老人が、クルーズ気分で待ちかねていたはずはなく、京に戻れることの代償として命を賭けるリスクを背負っていたことに気づいて、改めて慎重に読み直すことができたかもしれない。注釈に関わる現今の研究者の一部も、みずからに対する警告として受け止めるべきである。すばらしい作品を後世に残してくれた作者に見当外れの注釈で落胆させてはならない。その警告は、もとより、筆者自身にも重くのしかかっている。

## ■藤原のときざねのその後の行動

前節の検討で、藤原のときざねが傍若無人の礼儀知らずであったことが明らかになったが、それ以後の彼の行動を追ってみよう。

船は十二月二十七日に大津を出航したが、間もなく近くの海岸に停泊した。それは、旧国司を慕う人たちが船を追いかけてきたからである。そのことはあとでくわしく取り上げることにして、その夜は、目的の浦戸に停泊した。そこに藤原のときざねが姿を見せたのである。

今宵、浦戸に泊まる、藤原のときざね、橘のするゑひら、他人々《こと》、追ひ来た

り（十二月廿七日）

そして、一月九日、船が、任地であった国の沿岸を離れてさらに北上する日には――、

　これかれ互ひに、国の境の内はとて、見送りに来る人あまたがなかに、藤原のときざね、橘のすゑひら、長谷部のゆきまさらなむ、御舘《みたち》より出で給《たう》びし日より、ここかしこに追ひ来る、この人々ぞ志《こころざし》ある人なりける

（一月九日）

長年の苦労をねぎらいもせず、感謝の念も表明せず、船旅の無事を祈ったりすることもなかったのは、書き手を無視したわけではなく、同じく僻地であっても、東国とは大違いで、この地には、形式だけの丁寧な挨拶をしたりする習慣がなかっただけであった。この地の人たちは、社交など不得手であっても、根はきわめて純朴なのである。京の人たちの巧言令色にうんざりしていた書き手は、挨拶のしかたなど教育したりはしなかったのであろう。最後の別れに集まった人たちは、「御舘より出で給《たう》びし日より」と、たいへん丁寧な表現で書き手に対する尊敬の念を表わしている。

『土左日記』には、行為者を明確にしない箇所が少なくないが、ここもそのひとつで、書き手は傍観者の立場で群衆の動きを観察している。

## ■停泊地への届け物

船が停泊地に着くごとに旧国司を慕ってたくさんの人があとを追ってきたが、訪ねてきたのは、つぎのように、この人々ぞ、志ある人たちなりける、と書き手が手放しで喜ぶ人たちばかりではなかった。

　大湊に泊まれり、医師《くすし》、ふりはへて、屠蘇《とうそ》、白散《びゃくさん》、酒加へて持て来たり、
　志あるに似たり（十二月廿九日）

○医師…各国にひとりずつ配置された医官。○ふりはへて…わざわざ。

航海中に迎える正月なので元日に必要なものがないと困るだろうと気を遣ってくれたことは、いかにも誠意がある感じがすると、心からは感謝していない。それは、京に戻って、不誠実な勤務の実態を報告したりしないようにという口止めだとわかっているからである。

　なほ大湊に泊まれり、講師、物、酒、遣《おこ》せたり（一月二日）

○遣す…人伝《ひとづ》てに届けること。

書き手が一言のコメントも加えていないのは、帰京して国分寺の実態を暴露しないでほしいという口封じだと、読み手にも推察できるからである。同じ相手なのに、書き手は、数日前のむまのはなむけの際と同じような尊敬表現をしていない。酒を届けたのも、この講師らしい選択である（後述）。

## ■心のこもった「むまのはなむけ」

藤原のときざねの宴があった翌日、個人の来訪があった。（十二月二十三日）

八木のやすのりといふ人あり、この人、国に必ずしも言ひ使ふ者にもあらざなり、これぞ、た、はしきやうにて、むまのはなむけしたる、かみからにやあらむ、国人《くにびと》の心の常として、今は、とて見えざなるを、心ある者は、恥ぢずぞなむ来ける。これは、物によりて褒むるにしもあらず、

○あらざなり…〜ではなかったようだ。○たたはしきやうにて…おごそかな態度で。○かみから…後述。○今は、とて見えざなるを…今は多忙で迷惑だろうと遠慮して来ないのだろうが。

書き手は、ここに登場した人物を、最初、「〜といふ者」ではなく、「〜といふ人」とよんでいる。「〜といふ」は、この文脈なら、知らない人物をさす。「という者あり」ではなく、「という人あり」と紹介しているのは、丁寧な物腰やことば遣いなどから、きちんとした人物だと判断したから、——ということは、読み手にそのことを伝えるためである。誰であったか、とっさに思い出せなかったのは、つねに自分の近くで仕事をしていたほど位階の高い人物ではなかったからである。

彼は、持参した「うまのはなむけ（餞別の品）」を、儀式のようにおごそかな態度で差し出

した。前日の宴の雰囲気と違って、惜別の情があふれている。

「かみからにやあらむ」を「前国司の人柄のせいであろうか」と解釈して自賛とみなすのが通説のようであるが、その逆に、国司であった自分が到らないから、土地の人たちが別れの挨拶に来ないのだろうかと、「謙退」した、すなわち、謙遜したことばだ、という解釈もある。書き手の人柄を考えれば唐突な自画自賛は似合わないので、二者択一なら謙退説を支持したいが、筆者は、つぎの解釈を提示したい。

「今はとて見えざなるを」という表現を、自賛説も謙退説も、〈京に帰ってしまえば用のない旧国司に今さら挨拶に行ってもしかたがない〉という意味に理解しているが、これは、自賛でも謙退でもない。この場合、書き手は第三者の立場でその状態を見ており、このように感じている。これもまた、いわば、この書き手特有の幽体離脱である。

十二月二十七日の記事を再度扱うときにあらためて取り上げるが、出航した当日、港を出た先にある浜辺に群れをなして集まり、書き手と涙の別れをしていることから考えても、出発の準備でお忙しいはずだから今は遠慮しておこう、という意味に理解すべきである。

考察を進める場合に危険なのは、推定して導いた結果を既定に置き換えて、つぎのステップに進むことである。この場合でいえば、〈国司の人柄なのであろう〉を既定にしてつぎに進んだら、「国人の心の常として、今はとて見えざなるを〜」には続かないので、その部分をとばし、「心ある者は、恥ぢずぞなむ来ける」に続けて辻褄を合わせなければならなくなる。注釈者は、句節の順序をやりくりして難題を乗り切ったことに満足しているかもしれないが、ことばの流れを無視したやりくりは、俗に言う、手術は成功し、患者は死亡したという、むなしい文法ごっこである。

注釈者が読み飛ばしたのは、土地の人たちの優しい心やりを述べた部分であるから、そこを外してしまったら、土地の人たちは打算的な連中の集合になってしまうので、「心ある者は恥ぢずぞなむ来ける」とは、打算的な人間ばかりのなかで、八木のやすのりだけが、お礼の挨拶をしないと気が済まないので、低い身分を恥ずかしがらずに来たということになってしまうが、彼は彼なりの、いわば融通の利かないやりかたで旧国司の恩寵に報いてくれたのであるから、書き手は心の触れあいにたいへん喜んでいる。

## ■ナムの機能再説

見逃してならないのは、「恥ぢずぞなむ来ける」のナムである。すでに述べたとおり、ナムは、ひとまとまりの叙述がそのセンテンスまでで終わることの指標であるから、八木のやすのりの訪問についての叙述がそこで終わり、そのあとはそれと別の話題であると読者は自然に読み取る、というよりも感じ取ることになる。しかし、ナムを介さずに、「恥ぢずぞ来ける、これは〜」と続いていたなら、餞別がりっぱだから褒めるわけではないと、ことばがストレートな言い訳になってしまうが、ナムで叙述を大きく切ることによって、それとこれとは別問題だ、餞別の善し悪しで手のひらを返すような腐敗した役職者と同じではない、大切なのは心なのだということになる。「ものによりてほむるにしもあらず」のシモには、「立派な餞別だったが、だからといって」という含みが込められている。

この下級役人は、海路で京に旅立つ書き手に「うまのはなむけ」を携えてきたのに、藤原のときざねの場合のように、「船路なれど〜」と批判したりしていない。それは、この来訪者の持参した餞別には、敬愛する国司との別れの寂しさがこもっていたからである。

この作品を細切《こまぎ》れにしてスポット読みしたりせずに、きちんと通読したなら、江戸時代からの浅薄きわまりない駄洒落説や諧謔アンダートーン説などが幅をきかせて定着することにはならなかったであろう。

■ **辺境の国分寺　十二月二十四日**

講師《かうじ》、馬のはなむけしに出《い》でませり、ありとある上《かみ》・下《しも》、童《わらは》まで酔ひ痴《し》れて、一文字《いちもんじ》をだに知らぬ物師が、足は十文字《じふもんじ》に踏みてぞ遊ぶ

講師は、それぞれの国の国分寺に配置された僧官の職名。経典や仏書を講じ、その国の僧尼を管轄する役柄。「出でます」は、「おいでなさる」、「お出ましになる」。ただし、この場合は、そのあとの講師の行動との対比において、皮肉を込めて意図的にたいへん丁寧な表現

をしているように読みとれる

講師が別離の宴席に姿を見せた時点では威厳を保っていたが、宴が始まると、講師をはじめとして、僧侶から雑用の少年まで、ひとり残らず泥酔して、「一」という文字すら知らない「物師」（次節）が、足を十文字に踏んで、上手に踊っている、ということである。仮名文では、漢字をモンジとよび、仮名をモジとよんで区別している。イチモンジ、ジュウモンジは形状の名として現在も使われている。

どの注釈書も、おもしろおかしいエピソードとみなしているが、これは、講師を始めとする僧侶たちの堕落しきった状況に対するきわめて厳しい批判である。最高責任者の講師がみずからの責任を自覚しているなら、配下の僧侶たちに経典や仏書を講義し、また、仏の道を説いて人格形成に力を入れているはずなのに、そのような訓練がまったくなされていないことが、彼らの振る舞いに露呈している。

## ■「物師」は臨時の造語か

「一文字をだにしらぬものしか」の傍線部の七字「しらぬものしか」をどこで切ると自然な文になるかは、多くの注釈者を悩ませてきた。

現行の注釈書三種から、その前後を含めて引用する。

①（手では簡単な）一の字をさえ書けない（無学な）芸人が、足では（立派に）十の字なり

の千鳥足を踏んで踊っている。

②知らぬ物師が、手では「一」の字も書けないが、足では「十」の字を地面に書いた。また、酔った者の千鳥足を見立てる。／その足は。「し」は代名詞。「知らぬ物師が、足は」とも読め、芸人の意の「物師」の語を織り込む。「遊ぶ」はその縁語。また「講師」と対。

③言葉の上の洒落。「しが」は代名詞「し」と格助詞「が」。「知らぬ物師が、足は」と読み、「物師（芸人）の」意が掛かるとする（略）などもある。

①②は「ものし」を「芸人」の意の「物師」と見て辻褄を合わせ、③は「し・が」を「代名詞＋格助詞」とみて、「一という文字も知らない者が（千鳥足になって）その足をまあ…」と口語訳し、②を紹介して、「などもある」と付け加えている。

それぞれに文法で頭を絞っているが、どれも見当外れである。なぜなら、これは、素面《しらふ》でなく千鳥足を真似た言いかたなので、場面から大概を推察するほかないからである。ことばのくずしかたが、さすがは貫之、と感嘆する。注釈書を手がけるほどの専門家なら、これがまともな日本語でないことぐらい見抜ける程度の熟練が不可欠であろう。

江戸時代に芸人を物師、物士とよんだ事例は辞書にもあるが、平安時代にまで遡るかどうかは疑わしい。まさにここに例があるではないかと反論されたら水掛け論になるが、当時、このような宴席にどういう芸人を呼んだと考えているのであろうか。そもそも、このような席に芸人を呼んで余興を楽しんだりしたのかどうか、筆者は懐疑的であるが、まったく知識がない。

「ありとある上・下、童まで酔ひ痴れて」とあるから、宴に加わった国分寺のメンバー全員が酔い痴れていたことになる。僧籍にあった人たちはふつうの読み書きぐらいはできたであろうから、「一文字だに知らぬ」のは、見習いや下働きの少年たちなどであろう。国分寺にいながら教育らしい教育を受けていない無学な少年たちまでが、講師や僧侶たちと肩を並べて千鳥足で一人前に踊っているということになる。無学な小僧が酒に酔っても、踊りはなかなか達者である。法師ではないが、ナントカ師とよべる腕前がある、そのナントカ師に「物師」と勿体をつけて揶揄したのであろう。書き手による即興の命名だとすれば、ほかに用例が見当たらなくても当然である。ちなみに、書き手は『古今和歌集』の仮名序を「枕ことば」(後世とは別)と名付けたり、俳諧の和歌、すなわち、ユーモラスな和歌を、ことばによる遊びという意味で人偏を言偏《ごんべん》に置き換え、部首名を「誹諧歌《はいかいか》」としているなど、上手な新造語を考案してさりげなく使っている。

「物師」というふざけた命名は、表面的に読む限り、注釈書にいう諧謔のうちでも上出来であろうが、講師以下、簡単な文字さえ知らない少年たちまで酒をがぶ飲みし、酔っていても転ばずに、手際よく踊っていたりすることは、この国の仏教の中心であるべき国分寺に、真実の仏教も、学問らしき雰囲気もないことの証拠である。これでは、任期を終えて海路で帰京する老齢の前国司に対するいたわりもなく慰めもないのは当然である。たったこれだけの短い叙述の端ばしに、書き手の失望と怒りとが渦巻いていることを読み取るべきである。前述したように、そのことを京で報告されるのを恐れて、講師は、一月二日、贈物に酒を添えて船中の書き手に届けている（前述）。

## ■ゾの機能

一文字をだに知らぬ物師が、足は十文字に踏みてぞ遊ぶ

動詞「遊ぶ」は終止形も連体形もアソブであるから字面では見分けがつかない。叙述がこのセンテンスで断止することを示しているのはゾであって、〈ゾ〜連体形〉の呼応ではないことを、ここに実例が出てきたので確認しておこう。ただし、動詞のなかで、いちばん多いのは、終止形と連体形とが同形の四段活用なので珍しい例ではない。学校文法の盲点を指摘しておく。

## ■新任国司の傲り　十二月廿五日、廿六日

新任の国司から国司館に手紙で呼びつけられたので行ってみたら、一日いっぱい、そして夜の夜中まで、「とかく遊ぶやうにて」、すなわち、管弦の遊びのようなことをして、夜が明

けた、というのが二十五日の日記である。新国司の横柄な態度が不愉快だという気持が、表現の隅々に表われている。新国司が同席したのかどうかも書かれていない。

翌二十六日も国司の館に客として留まり、そこで豪勢な宴が催されて、連れてきた従者にまで贈り物が与えられた。漢詩や和歌を館の主（新国司）も主賓（旧国司）も、その他の参会者も口々に朗唱した。

大和歌、あるじの守《かみ》の詠めりける

都出でて 君に会はむと 来《こ》しものを 来しかひもなく 別れぬるかな、

となむありければ、帰る前《さき》の守の詠めりける

白妙《しろたへ》の 波路《なみぢ》を遠く 行き交《か》ひて 我に似べきは 誰ならなくに

都を出て、あなたに会おうとやって来たのに、来た甲斐《かひ》もなく、別れてしまったと、着任したばかりの新国司は、和歌の末尾を「別れぬるかな」と結んでいる。別れることになった、ではなく、別れてしまったという表現である。相手が目前にいるのに、ずいぶん失礼な言いかたであるが、もう退任したのだから、実質的には、すでに別れてしまっているという認識である。別れを惜しんでいるとは思えない。

書き手は、自分の後任として国司になったばかりの人物を「あるじの守」、すなわち、〈この館《やかた》の主である国司〉とよんでいる。いかにも偉そうな態度を皮肉ったよびかたである。

それに応えた旧国司の和歌は、こんなに遠い所まで海を往復して、わたしと同じようにならなければならないのは、ほかのだれでもない、あなたなのですよ、ということである。「我に似べき」とは、清廉潔白な国司としてわたしと同じように職務を遂行すべきだ、蓄財に励んで公務をおろそかにしたりしてはならない、という厳しい忠告であるが、国司に就任したばかりで大金を投じた宴を開き、有頂天になって権力を誇示している新国司の耳にどのように響いたかは、はなはだ疑問である。

新旧の国司は、そのあと、いっしょに宴席の場から降りて手を交わし、酔った機嫌で楽しい話をしたあと、ひとりは国司館に戻り、もうひとりは門出した船に戻った。

## ■新国司の人柄

公卿の身分なら『公卿補任《くぎょうぶにん》』という記録に細かい経歴が記されているし、ほかにもさまざまな分野の補任が作られているが、地方の国司程度の官位では探すのが難しい。益田勝美(1923–2010)が『外記《げき》補任』によって、紀貫之の後任として土佐の国司となった人物を突き止めたことを、注釈者が「貴重な資料を発見してくれた」と高く評価し、貫之を善玉、後任を悪玉として説明している。

伝統的国語国文学で訓練された人たちは、概して、こういう調査に熱心であるが、『土左日記』には、どちらの名前も出てこない。書き手が貫之であることは確かであっても自叙伝ではない。交代した国司がだれであろうと、書き手によって、登場人物にふさわしいキャラクターにしてあるはずなので、実話として読んだら大間違いになる。そもそも前国司が何者なのか本文には伏せられており、フィクションも少なくないのに、その後任を特定することは無意味である。筆者が推奨する文献学的アプローチとは、どんなことでも片端から徹底的に調べて無分別に利用することではない。

■京をめざして出航――女児の急逝　十二月廿七日

大津より浦戸を指して漕ぎ出づ《い》、かくあるうちに、京にて生まれたりし女児《をむなご》、国にて、俄《にはか》に失《う》せにしかば、このごろの出で立ち急ぎを見れど何事も言はず、京へ帰るに、女児の無きのみぞ悲しび恋ふる、ある人々も、え耐へず、このあひだに、ある人、書きて出だせる歌、

都へと　思ふを物の　悲しきは　帰らぬ人の　あればなりけり

また、ある時には、

あるものと　忘れつゝなほ　亡き人を　いづらと問ふぞ　悲しかりける、

と言ひける間に、鹿児《かこ》の崎《さき》といふ所に……

○かくあるうちに…乗船する人たちがそろったなかで。○京にて生まれたりし女児《をむなご》、俄かに失《う》せにしかば…大切なのは、この女児が打算や利己主義のはびこる京の生活に染まらない

うちに父親の任地に来て育ち、土地の人たちの純朴な気質を身に着けていたことである。この段階で筆者の仮説を述べておくと、この女児は、純朴そのものというべきこの土地の人たちの象徴であって、特定の人格として存在していたわけではないだろうということである。この女児が実在したのかどうか、あるいは、この土地の人たちの愛すべき心の象徴だったのかを、関連する事柄が出てくるたびに考えてみるべきである。

○出でたち急ぎ…あわただしい旅支度。○何事も言はず…旅支度について意見を言ったりすることもなく。主語は書き手。○ある人々も、え耐へず…そこにいる人たちも悲しさをこらえきれずに。○ある人、書きて出だせる歌…この「ある人」は書き手自身をさしている。◎都へと…都に帰るのだと思うのに悲しいのは、帰らない人がいるからなのだ。◎あるものと…生きていると思って、どこにいるの？　と尋ねるのが悲しかった。

■ **浜辺の別れ　十二月廿七日**

鹿児の崎といふ所に、守《かみ》の兄弟《はらから》、また、他人《ことひと》、これかれ、酒なにと持て追ひ来て、磯に下《お》り居て別れがたきことを言ふ。守《かみ》の舘《たち》の人々のなかに、この来たる人々ぞ、心あるやうには言はれほのめく、かく別れ難く言ひて、かの人々の、口網も諸持《もろも》ちにて、この海辺にて荷なひ出だせる歌、

をしと思ふ　人や留《と》まると　葦鴨《あしがも》の　うち群れてこそ　我は来にけれ、と

言ひてありければ、いといたく賞《め》でて、行く人の詠めりける
　棹させど底ひも知らぬわたつみの深き心を君にみるかな、と言ふ
あひだに、楫取、もの、あはれも知らで、おのれし酒を喰《く》らひつれば、早く往《い》なむとて、潮満ちぬ風も吹きぬべしと騒げば、船に乗りなむとす、この折に、ある人々、折節につけて、漢詩《からうた》ども、時に似つかわしき言ふ、また、ある人、西国《にしぐに》なれど甲斐歌《かひうた》など言ふ、かく歌ふに、船屋形の塵《ちり》も散り、空行く雲も漂《ただよ》ひぬ、とぞ言ふなる、
　今夜《こよひ》、浦戸に泊まる、藤原のときざね、橘のすゑひら、他人々《こと》追ひ来たり、
○守《かみ》の兄弟…新国司はこの地の出身のようである。ストーリーの都合でそういう関係にして人柄を対比したのであろう。彼らは立身出世を望まず、この土地で暮らしてきた純朴な人たちであった。読者に疑問をいだかせて深読みさせるために、書き手は、この程度の出来過ぎた役割分担は厭わなかったのであろう。○他人《ことひと》これかれ…国府で働いていた人ではない、見知らぬ顔もちらほら。○酒なにと持て…酒やあり合わせの食べ物をたずさえて。○心あるやうには言はれほのめく…心が温かいねと、つい口にしてしまいそうだ。○口網も諸持ちにて、この海辺にて担《にな》ひ出だせる歌…長くて重い漁網をみんなで持って運ぶのが「諸持ち」。この場合は一同が知恵を合わせて作り上げた歌を、漁師のように手で運ぶのではなく、海辺

で声をそろえて口で歌ったことを言った表現。「口網」はその場での臨時の造語。◎をしと思ふ…際だって美しい水鳥である「をしどり」も、形容詞「惜《を》し」も、語頭は［wo］で同音。そのをしどりのようにりっぱなあなた様がこの地を去るのはとても惜しいことです。をしどりとは比較にならない、鴨《かも》のようなわたくしですが、(御願いしたら)、大切なあなた様がこの地に留まってくださるでしょうかと、みんなといっしょに参りました、ということである。末句が「我ら来にけれ」ではなく、「我は来にけれ」、すなわち、このわたくしは参りました、となっているのは、集団としてではなく、ひとりひとりがそれぞれに「我」の意思で、群れになってここに来ているのです、ということである。○行く人…(船に乗って)離れて行く人。すなわち、書き手。◎棹させど…あなたがたのひとりひとりが、船を漕ぐ棹をさしても、棹の先が海底まで届かないほど深い海のような心をもっていることがわかりました。○深き心を君に見るかな…送る人たちの「我は来にけり」に答えて、来てくれたひとりひとりの厚情に感謝している。○楫取、物のあはれも知らで…『伊勢物語』第九段、「都鳥」のエピソードにそっくりである。「もの、あはれ」は、『源氏物語』や、本居宣長の「もの、あはれ論」などで有名であるが、『土左日記』のこの例が初出とされている。さきに述べたように、貫之は、『古今和歌集』でも新語を少なからず造って使用している。この場合は、他の人の心情に肯定的に反応できる繊細な心、というような意味であろう。○おのれし酒を食らひつれば…「し」は、その語句を目立たせる助詞。自分は酒をもう呑むだけ呑んでしまったので、○早く往なむ、潮満ちぬ、風も吹きぬべし…ぐずぐずしていないで早く行こう、もう潮が満ちている、（海上は）風も吹いているはずだ。○ある人々…（船に乗らずに）そこにいる人たち、すなわち、別れに来た人たち。○折節につけて、時に似つかわしき言ふ…「折節に付けて」は、それぞれの季節に合わせて、と理解されているが、季節の進行順に歌う理由はない。その場にふさわしい、したがって、この場合は、別れにふさわしい、さびしい雰囲気の節回しで、別れを主題にした漢詩を朗詠したということであろう。悲しくてたまらないので、どの詩もさびしい口調になってしまう。脚色するなら、みんな鼻をすすりながら、絶え絶えに、ということである。

つぎつぎと交代で歌い続けた理由は、時間を少しでも引き延ばすことであった。すなわち、早く、早くとせき立てる楫取が船を出すのを少しでも遅らせて、旧国司とともに最後の時を過ごしたかったからである。なぜなら、楫取がせき立てるので、あきらめて「船に乗りなむとす」という、まさにそのときに漢詩の朗詠が始まったからである。ひとりがとっさの機転で朗詠し、その理由をみんな以心伝心で理解して、つぎつぎと続けたのである。○また、ある人、西国なれど甲斐歌など言ふ…大切な問題を含んでいるので、次節で詳細に述べる。○船屋形の塵も散り、空行く雲も漂ひぬ…「船屋形の塵も散り」とは、美しい声に船の屋形の塵も共鳴して落ちてくるという自讃の辞であるが、これは漢籍の「梁の塵を動かす」という諺を、船中にふさわしく言い換えた句だという。

■ 西国なれど甲斐歌などいふ

前節の「ある人、西国なれど甲斐歌など言ふ」の部分についての説明を、以下、五種の注釈書から引用する。

①甲斐歌は東国の民謡である。西国との矛盾におかしみを見せているが、やはり子供にもわかりやすい諧謔と言わねばなるまい。甲斐歌の代表的なものには、『古今集』巻廿（1097）の「甲斐《かひ》がねを さやにも見しか け、れなく 横ほり立てる さやの中山」というのがあり、（略）広く一般に愛唱されていたものと思われる。しかし、この別離の場において甲斐歌を唱ったのは、その歌詞内容よりも、恐らく、甲斐歌の哀切な曲節に感興を託したものと考えられる（略）

［筆者補足］「け、れなく」は「心なく」。このあとにたいへん長い説明が続いているが、徹頭徹尾、的外れである。結局、「甲斐歌」の「歌」を、歌詞と無関係の哀切なメロディーとみなして、「と考えられる」で閉じている。これでは、泰山を鳴動させただけで虫一匹出てこない。『古今和歌集』の「歌」や「甲斐歌」などの「歌」とは和歌を指すが、この注釈では独特のメロディーをつけて歌唱する歌と理解されている。

②甲斐歌をこの時の気持によく適った哀調で歌う。

③西国で東国の甲斐歌を歌うと諧謔。（「漢詩」ども…」に対し、）場違いだという物言い。

［筆者補足］この悲しい場面で人々が諧謔に頬笑んだとは思えない。ことばにズレを感じるたびに諧謔だと見なしているのは思考停止である。『土左日記』の作者は十返舎一九ではない。名残惜しくてたまらない決別の雰囲気のなかで、どうして、ほかならぬ甲斐歌を歌ったのかを探るべきである。

④ここでは漢詩こそ似つかわしく、甲斐歌では場違いであることをいった（略）とも。

［筆者補足］どうしてここは漢詩でなければ似つかわしくなかったのであろうか。

⑤またある人は、ここは西国ですが東国甲斐の民謡などを唱います。

［筆者補足］「甲斐歌の例を挙げる」として、『古今和歌集』の甲斐歌二首と、「甲斐風俗」一首とが示されている。この場面に直接に関わる第二首も含まれているのに、この現代語訳では、引用した意味がない。西国で甲斐歌などを歌う間抜けな人物なのだから、歌の意味など問題にならないということなら、歌の意味も場違いかどうかを確認すべきであった。

## ■筆者の解釈

和歌をたしなむ人ならば、甲斐歌と言えば、まず思い浮かべるのは『古今和歌集』「東歌」

の甲斐歌であった。ましてこの書き手はその歌集の筆頭撰者である。

「甲斐歌」の第一首は「甲斐が嶺《ね》」の姿を詠んだ和歌であるから惜別の気持ちと直接には結びつかないので、①は、「恐らく甲斐歌の哀切な曲節に感興を託したものと考えられる」と、メロディーに着目して視野を広げ、何が何だかわからない方向に問題を拡散させてしまっている。しかし、第二首は、決別と無関係どころではない。

　甲斐が嶺《ね》を　嶺《ね》越し山越し　吹く風を　人にもがもや　言伝《ことづ》てやらむ

甲斐の国の峰を越し山を越して吹く風を人間にしたら、伝言を伝えてやりたいが、それはできないから、もうこれが最後になるだろう、ということである。この場に、これ以上ふさわしい惜別の和歌はない。ここでは、東国に対して京の側の一帯を西国ととらえている。大津を出航する際、亡き女児を偲んで「都へと思ふを物の悲しきは」という和歌を書いてみんなに見てもらった「ある人」が、書き手自身であったことは疑いない。そして、鹿児の崎の浜辺から船を出す直前、見送りに来た人たちに応えて最後に甲斐歌を歌ったのもまた、ほかならぬ「ある人」であった。別れるのが悲しいのは皆さんだけではない、このわたしも悲しくてたまらないのだ、ということである。

甲斐歌を歌った「あるひと」が書き手自身をさしていたことは、この作品を最初から順序よく読んでくれれば自明であるのに、「また、誰かが、西の国ではあるが、甲斐の民謡なんかを唱う」と、表現のねらいが方角と無関係であることに気づいていない。①は、二首並んでいるうちの最初の一首を読んで、わかったと思い込んだことが致命的手抜きになった。こういう手抜きをしないのが文献学的アプローチである。

一方、「船路なれど馬の鼻向けす」という皮肉を諧謔ととらえ、それを一般化して、諧謔がこの作品のアンダートーンであると信じ込んで、これほど真剣な叙述までも諧謔として片付けてしまったことは、この作品の本質を見誤らせる致命的な過誤である。

『土左日記』の本格的研究が始まるのは、これからである。筆者はその橋渡しの役を担ったつもりであるが、奥の奥まで見通せる段階にはほど遠い。

『土左日記』を読む場合に、「ある人、西国なれど、甲斐歌などいふ」というたぐいの表現には、特に慎重でなければならない。スポット読みをすると、「西国ナレド」、「甲斐歌ナドいふ」という表現は、〈間抜けなやつが、場違いの歌を歌っている〉と理解してしまうように表現が工夫されているからである。それは、本書をここまで読み進んでくる過程で読者も気づきはじめているであろうように、書き手は、通り一遍の読みかたしかできない、あるいはしない、読み手をふるい落として、慎重な読みかたができる読み手、あるいは、それを心がける読み手たちだけに、自分の願いを託そうと選別しているからである。この場合も審判者はそしらぬ顔で読者の面前に立っており、「西国ナレド甲斐歌ナド言ふ」と、間抜けなバカ扱いにされてしまった「ある人」こそ、書き手自身だったからである。文脈をしっかりとらえてさえいれば、ここで不合格になることはない。

### ■以前の国司からの差し入れ　十二月廿八日

この間《あひだ》に、はやくの守の子、山口のちみね、酒、よき物ども持て来て船に入れたり、行く行く飲み食ふ

旧国司が帰京する途次に船が立ち寄ったので、以前の国司の子が挨拶に来たのであるから、書き手の前任者か、それに近い時期の国司なのであろう。本人が顔を出さずにその子が来たのは、知らぬふりもできないので、という義理だてに相違ない。鹿児の崎の浜辺に、みんなそろって別れに来た人たちが携えてきたのは、「酒なにと」という質素なものであったが、「酒、よき物ども持て来て船に入れたり」とあるように、こちらは、質も量も、それとは比較にならない豪勢なものであった。しかし、もらった側の反応は、「行く行く飲み食う」、すなわち、あるから飲む、あるから食う、という無感動なもので、元国司の思いやりに対する感謝の念など、まったく感じさせない。なぜなら、どうせ国司時代の不正蓄財のおこぼれだと見抜いていたからである。

### ■『土左日記』の注釈書(2)

筆者は国文学専攻の出身ではないし、日本文学の講義を担当した経験もなく、関連学会の

会員でもないのに、いったい何サマのつもりで、これだけ思い切ったことが言えるのかと憤激している専門研究者が多いかもしれないが、みずから立てた論には責任をもって対処するつもりでこの方面の問題も取り上げてきたから、批判の公表は歓迎する。ただし、その場合には、関連する範囲をきちんと読んで、よく考えてからにするのがルールである。

平安時代の仮名文学作品の表現解析には方法上の大きな問題があることを、――というよりも、方法についての反省がなく、場当たりの思いつきが多すぎることを、筆者はこれまでに、いくつかの作品の表現解析の結果を提示しながら具体的に指摘してきたが、アクティヴでなければならないはずの専門研究者からの反応は概して微弱であった。そういう学的風土のなかでも、『土左日記』の注釈書は、すでに指摘したいくつもの事例から明らかなように、ひどさの度合いが他の諸作品の注釈書に比して群を抜いており、どれもこれも投げやりとしか思えないほどのお粗末さである。他の諸作品の場合は、玉石混淆なのに、『土左日記』の場合は、そろいもそろって石《せき》クラスである。なお、そういう学的風土のなかにありながら、限定的ではあっても、『古典再入門』に対する専門研究者による支持を得たことは、筆者にとって一条の光明であった（後述）。

## ■ 推理小説的手法

だれかがそれを読むことを前提にして書く場合には、読み手に誤解される可能性のある表現をしないように、また、複数の意味のうちのどれのつもりなのか判断に迷う表現をしないように留意するのは当然である。ただし、推理小説では、ふつうに読むと、違う意味に理解してそのまま読み進んでしまうように工夫した表現を使う場合がしばしばある。最後の謎解きの場に関係者一同が集まった席で、敏腕な私立探偵や探偵大好きおばさんに、あのときのあのことばのほんとうの意味を説明されて、あれはそういうつもりだったのかと、明晰な頭脳に感服させられるのが近年までは典型的パターンであった。

『土左日記』の場合は、そのようにせざるをえない事情があったために、書き手が、結果として推理小説と同じようなトリックを編み出して使っているが、日本古典文学の専門研究者が、『土左日記』を読んでも、そのように構成されていることにまったく気づかず、真っ正直な読み取りかたをして的外れの注釈書が世に出ているのが現状である。前引の「西国なれど甲斐歌などいふ」は、そういう典型のひとつであった。

そのように構成された推理小説でも、最後まで犯人を特定しないまま世を去って永遠の謎になることを望んだりする作者はいない。『土左日記』の書き手も、苦心してテクストに組み込んだ真実が、永遠に解けない謎のまま朽ち果てることを望んだはずはない。いつの日か、良識ある人物がこのトリックを見破って、書き手の意図どおりに解釈し、この作品に込めた心を、そして、こういう回りくどい手段をどうしてとらざるをえなかったかも、理解してくれるはずだと信じて世を去ったに違いない。

もしも書き手がひねくれた人物であったなら、『土左日記』のあちこちにその性格が滲《にじ》み出ていたはずである。しかし、もしもそうであったなら、『古今和歌集』に散りばめられた、心を打つ珠玉の和歌の作者にはなれなかったであろう。また、彼は、推理小説めいた作品を模倣したわけではないし、すぐれた文筆家ではあっても、日本における推理小説の開祖でもない。死と隣合わせの年齢になって、自分の心情を是が非でも書き残しておきたいという気持になったが、それをあからさまに書いて世に出せば、生身の人間の感情を刺激して、逆効果になることが必定だったので、いずれ、わかる人にわかってもらおう、世代が完全に交代すれば、読み解く力のある人たちが平静な気持で読んで、世に広めてくれるはずだと信じて書き残したのが『土左日記』だというのが筆者の導いた帰結である、などと書いたりしたら、上代の著名な歌人が身の無実を暗号で訴えたのが「いろは歌」だという主張の二番煎じのような印象になってしまううえに、筆者には『いろはうた』（講談社学術文庫・2009）という著作があるので、いっそう紛らわしいが、いわば、他人のそら似である。

## ■スポット読みの致命的欠陥

『土左日記』の注釈書に失望したあとで、試みにその注釈者が執筆した『土左日記』の解説を読んでみたら、同じ人物が書いたとは信じがたいほど歯切れのよい整然たる文章だったので、ギャップの大きさに驚いた。主張を裏付ける用例も引用されているから、この作品をきちんと読んだことがない人たちには十分の説得力がありそうである。しかし、歯切れがよいのは、不都合な用例を無視して整然たる論が構築されているからなのである。

引用個所を『土左日記』のテクストで探し、その文脈を確かめてみれば、とうてい成り立たない空論である。いわゆる〈結論ありき〉の論であるから、『土左日記』とはこういう作品なのだと結論づけたうえで、それを裏付ける用例を探して例示すれば、きれいに証明できてしまう。反例を探すことは容易なのに、論文の著者も、また、それを読む人たちも、原文に遡って確認することをしないようである。

すでに述べたように、筆者はスポット読みを排斥しているが、その対極にある、ひとつのディスコース（後述）を一体不可分にとらえ、最初から順に読み進んで、文脈の流れを把握しながら、筋が通るように解釈してゆく正当の手順には名称をつけていない。なぜなら、場面と文脈とをいつでも念頭に置きながら読まなければ、書き手が意図したとおりに読み取ることは期待できないので、それが、研究の対象としてテクストを読む場合の唯一の読みかたでなければならないからである。長い文章を丁寧に読んでいる余裕がない場合にも、最小限、文脈を把握したうえで解釈を考える習慣をつけなければならない。

ディスコースとは、文の単位を超えた、一貫した内容の発話である。言語学の用語としては《談話》と訳されているが、特に書記テクストについて議論する場合、日常の用語としての意味と混同されやすいので、筆者は翻訳せずに、カタカナ表記で使っている。

たとえば、いわゆる係り結びについて研究する場合に資料として必要なのは、係助詞から結びの動詞句までであると判断して、その部分だけをテクストから抜き出して考察した著名な研究者の労作があったが、スポット読みの典型だったので、成果をもたらすことができなかった残念な事例を教訓にしたい。（小 2014 V）

II　藤原定家の奥書を検討する

貫之自筆の『土左日記』の状態を、発見者の藤原定家が漢字文で詳しく記した奥書と、土佐守に任じられた時期などの覚書その他を残している。これによって、『土左日記』の作者が貫之であったことが証明された。図版に説明を付けておいたので読んでいただきたい。ただし、それは、14世紀になっての発見であって、『土左日記』の本体に作者名は故意に記されていない。それにもかかわらず、冒頭文を読み違え、貫之筆と決めつけて、男性が女性のふりをして書いたと決めつけて考えていたことは、深く反省すべきである。

## ■没頭して証本を作成した定家

貫之自筆の『土左日記』が京、東山の蓮華王院の宝蔵にあることを藤原定家が一二三五年に発見したことについては、序論〈貫之の自筆テクストがたどった道〉で簡単に述べておいた。定家は老齢で目も不自由になり、書記テクストの書写を家人に委ねていたが、貫之自筆の『土左日記』に並々ならぬ関心をいだき、二日間でそれを書写した、――といっても、原テクストの忠実な書き写しではなく、自分が解釈したとおりに同門の人たちが理解できるように手を加えた証本を作成し、最後に、貫之自筆テクストを発見したときの保存状態や、料紙の形状、その他を書きとどめた奥書を残している。(見開き図版参照)。

筆者が、あえて『土左日記』に関する新見を本書で公表するつもりになったのは、この奥書を読み直したことがきっかけであった。活字に置き換えてもほとんど問題はないが、独特の癖があっても読みやすい文字であるから、図版で確認していただきたい。

日本語話者が、日本語に基づいて読み書きできるように発達した漢字文のテクストであるから、中国語話者が面食らう漢字の用法が出てくるが、漢文の初歩的知識さえあれば、おおよその意味は把握できる。以下、数行ずつに分けて説明する。

1 文暦二年乙未五月十三日乙巳 老病中

2 雖眼如盲 不慮之外 見紀氏自筆

本 蓮華王院宝蔵本
料紙白紙 不打無堺 高一尺一寸三分許 広
一尺七寸二分許紙也 廿六枚 無軸
表紙続白紙一枚 端聊折返無紐 不立竹
有外題 土左日記 貫之筆
其書様 和歌非別行 定行尓書之
聊有闕字 哥下無闕字 而書後詞
不堪感興 自書写之 昨今二ケ日
終功 桑門明静
紀氏
延長八年任土左守
在国載五年六年之由
承平四甲午五乙未年事歟
今年乙未暦三百一年 紙不朽
損 其字又鮮明也
不讀得所々多 只任本書也

9　8　7　6　5　4　3　2　1

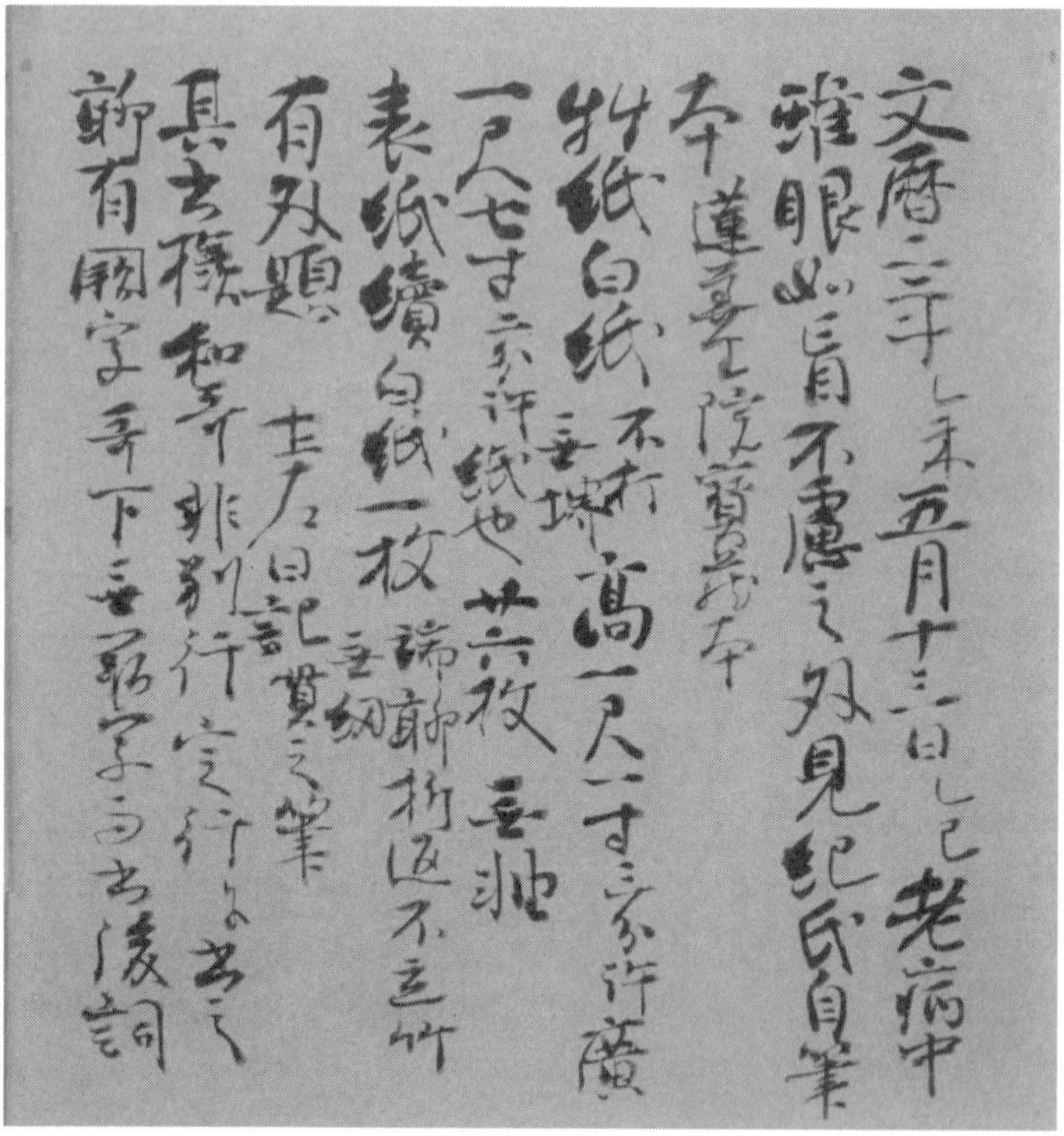

定家本『土左日記』
（尊経閣叢刊　国立国会図書館ウェブサイトより）

18　17　16　15　14　13　12　11　10

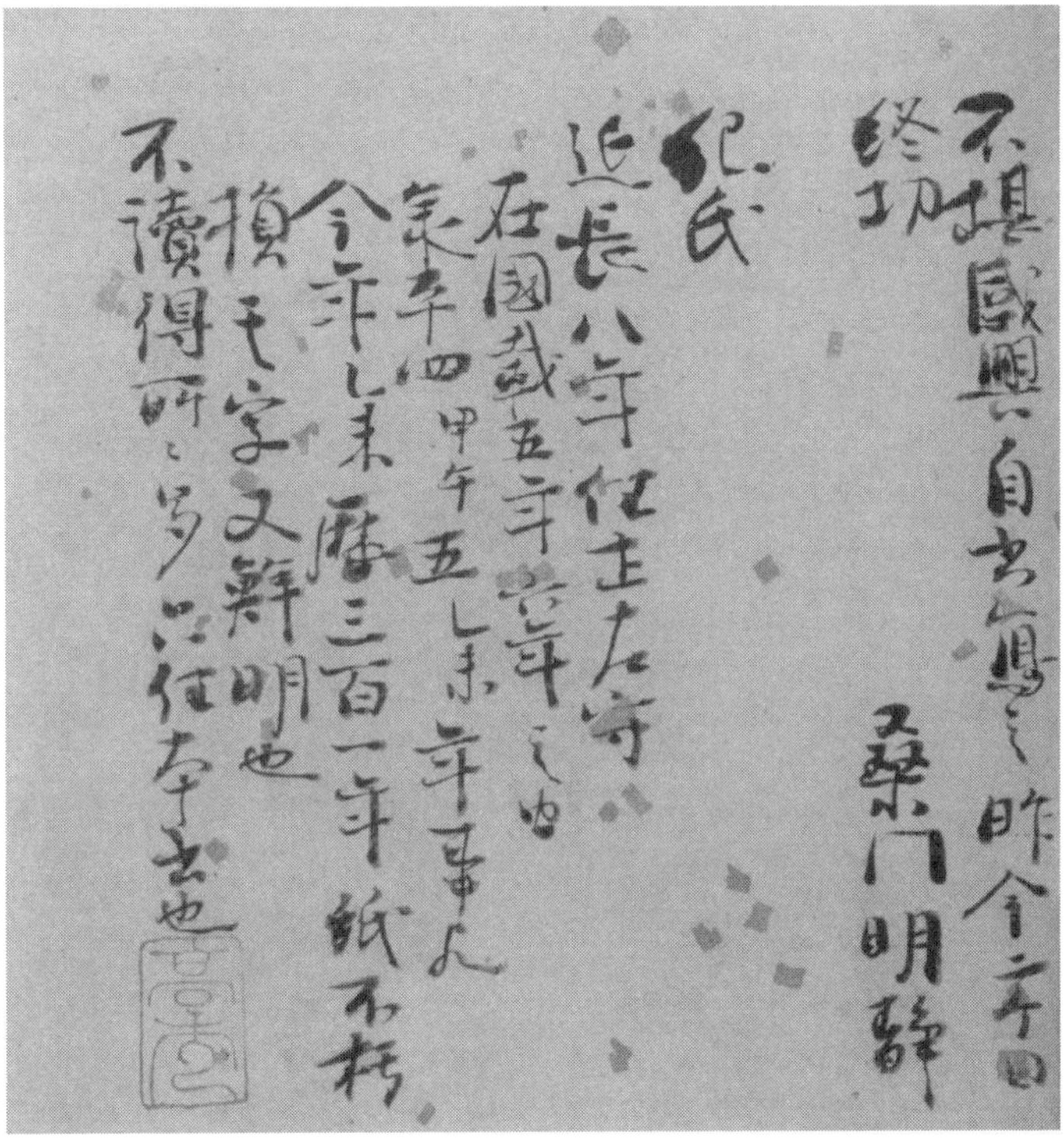
不堪感興自書寫之　昨今二日
終功　桑門明静
紀氏
延長八年任土左守
在国載五年之由
承平四甲午五乙未年事也
今年乙未歴三百一年紙不朽
損毛字又鮮明也
不讀得所々多只任本書也

## ■現代語への置き換え

翻刻部分の◯印は本文、行中に挿入した」印は原本の行替えを表わす。

**◯1〜3　文暦二年乙未五月十三日乙巳老病中」雖眼如盲　不慮之外　見紀氏自筆」本　蓮華王院宝蔵本**

文暦二年（一二三五年）五月十三日、老い衰えて、病中のため、目がまるで盲人のように見えないが、思いがけず、紀貫之自筆本を発見した。蓮華王院宝蔵の本である（体調の表現は大げさな印象を受けるが、七十三歳の老人の自然な自覚であろう）。

**◯4〜7　料紙白紙不打無堺　高一尺一寸三分許　広」一尺七寸二分許紙也　廿六枚　無軸」表紙続白紙一枚端聊折返無紐　不立竹」有外題　土左日記貫之筆**

料紙は白紙（槌で平面を）打たず、界線無し、高さ一尺一寸三分ばかり、広さ一尺七寸二分ばかりの紙なり。二十六枚、軸無し。表紙続白紙一枚（ここについては次項「解説」で詳述する）。端聊《いささ》か折返し、竹を立てず、紐無し。外題あり。土左日記貫之筆。

**◯8〜11　其書様　和歌非別行　定行尓書之」聊有闕字　哥下無闕字　而書後詞」不堪感興　自書写之　昨今二ケ日」終功　桑門明静**

その書き様は、和歌を、改行せずに、同じ行にそのまま書くが、すこし字間を開けてある。和歌の下は字間を開けずに、あとのことばが書いてある、興味津々でおさえきれず、自分自身で書写した。昨日と今日と、二日間で作業を終えた。桑門（＝出家）明静（定家の僧名）

12 紀氏
13 延長八年（九三〇年）土左守に任ぜらる。
14 在国の年数は五年六年とのこと。
15〜16 承平四年（九三四年）五年（九三五年）の事か、今年（一二三五年）暦三百一年、紙は朽ち損ぜず。
17 其の字、又鮮明也。
18 読み得ざる所々多し、只、本のままに書く也。

■解説

貫之自筆テクストの料紙の種類、寸法、装丁などは、次のとおりである。

料紙白紙不打無堺

当時の紙について責任もって語れるだけの知識はないが、「白紙」とは、仏典や漢籍、歌集などによく使われる、ナニ紙と名のある上等の料紙ではなく、ただの白い紙であろう。「不打」とは、表面を平らにするために棒などで叩いていないこと、また、「無界」とは、漢字文の日記に使われる行界の線を引いていないことであるから、要するに、なにも書いていない粗末な白紙である。だれかがこれを見つけても、こんな紙にまともなことが書いてあるはずはないと見切りをつけて閉じてしまったであろう。貫之はそれを期待して粗末な紙を選んだと思われる。

高一尺一寸三分許 広一尺七寸二分許紙也 二十六枚 無軸

紙の寸法は、縦が一尺一寸三分許《ばかり》、横が一尺七寸二分許《ばかり》の紙なり、二十六枚、軸無し。古代の寸法にはいろいろあったが、大宝律令以後は、一尺が29.6cmだったようである。大ざっぱに見当を付ければ、縦約30cm、横約50cm。二十六枚で約十三メートルになる。「無軸」、すなわち、軸が付いていないとは、巻子の最末尾に、丸い軸を付けて、その軸を中心にして巻き返すのがふつうなのに、それがないという意味である。軸がないと巻き戻しに力を入れることができないので、太いぐずぐずの円筒になり、箱に入れられなくなる。したがって、外見で判断すると、何も書いていない白い紙をくるくる巻いてあるだけのように見えたであろう。

表紙続白紙一枚 端聊折返 不立竹 無紐

「表紙続白紙一枚」は、紛らわしい表現で、ふたとおりに読み取れる。すなわち、最初の一枚の右に付けたのか左に付けたのかである。

①右側に付けると、まず出てくるのは、あとで継ぎ足した長い一枚の白紙であり、つぎの二枚目が表紙である。

②左側に付けると、まず出てくるのは表紙であり、そのつぎの白紙一枚は、あとで継ぎ足した白紙である。

漢文の読み下しと違って、漢字文には返り点や送り仮名などは不要である。複数の読みかたが可能であっても、意味が同じになればどれでもかまわない。中国語話者は「表紙は白紙一枚に続く」という意味に読み取って戸惑うであろうが、日本語話者は、①と②と、どちらを選ぶであろうか。

自信をもって②を選んだ読者は、日本語話者として健全な感覚を備えているが、漢字文のテクストを読む力はゼロに近い。なぜなら、ことばは文脈の流れに沿って理解しなければならないのに、七個の漢字を見て意味がわかったと思い込んでしまったからである。白紙を一枚、何のために継ぎ足したのだろうと言われて説明できなければ、この表現を理解したことにはならない。

「表紙続白紙一枚」のあとに、それとは文字の大きさが違うが、「端聊《いささか》折り返し、竹を立てず、紐無し」と書いている。継ぎ足した白紙が二枚目だとしたら、端をちょっと折り返したり、竹を立てたり、紐を付けたりできないので、継ぎたした意味がないから、①でしかありえない。

推理小説風に再現すれば、『土左日記』だけを箱に入れておくと、これはなんだと興味をもたれてしまうので、見た目がそれと同じような太い紙筒をいくつかダミーとして『土左日記』と同じ箱に納め、目印として『土左日記』の巻子の端をちょっと折り返しておいた状態が想定される。巻子の端が傷《いた》まないように付けておく細い竹の棒を付けず、それを巻いて収納するための紐も付けていないのは、下書き用などの紙を入れておく箱に見せかけるためである。

貫之は、国司として清廉潔白を貫いたので、十分な蓄財を抱えて帰京したはずはなかったから、我が家に戻って裕福な生活を送っていたとは思えないが、この作品を書くのに粗末な紙しか入手できず、軸や紐までは断念せざるをえなかったわけではないとしたら、極端に質素な外見を選択したことには、それなりの理由があったに違いない。

## ■そのよし、いさゝかに物に書きつく

こうなると、あらためて気になるのは、『土左日記』冒頭部の、傍線部の表現である。

それの年の、しはすの廿日あまりひと日の日の戌《いぬ》の刻《とき》に門出す、そのよし、いささかに物に書き付く

書記テクストを読む場合、筆者は、表現を解析して特に問題がなければ、注釈書の見解と付き合わせたりすることはしていない。『土左日記』の冒頭文は、まず読んでみて、たいへん不自然な表現であることが気になったので、その理由を考えてみた結果、複線構造になっ

ていることに気がついたのであった（『古典再入門』）。ところが、「そのよし、いささかに物に書き付く」という表現は、当日の出来事を書き留めただけでなく、翌日以降も、記録しておきたいことを、つぎつぎと書き足していったので、その累積が日記の形になったことを暗示しているのではないかと思い当たったが、確信はもてなかった。そこで注釈書を参照したところ、右の引用の傍線部分について、つぎのような説明がいくつも出てきたので虚を突かれた。

①その（旅中の）様子を簡略に、まとめて書きつける。

②その旅のようす。「物」は紙のこと。

③（頭注）以下、全巻の記事内容をさす。（現代語訳）その旅のことを少しばかり書きつける。

④江戸時代後期の歌人、香川景樹（1768–1843）の『土佐日記創見』（1823）から、つぎの一文を引用し、コメントはない。この解釈を支持し、付け加えることはないということであろう。傍線部は、本文の「そのよし、いさゝかに、物に書きつく」に対応している。

其船中、帰路の事を書きつけ試みむと也。これまでは、はしがきといふべしまず、①②③についてみると、日本語話者なら幼児でも間違わない〈コソアド〉の使い分けを再確認しなければならなくなる。

「そのよし」のソノは、聞き手または読み手が場面や文脈で特定できる対象を指す、ありふれた用法である。この場合なら、「しはすの二十日あまりひと日の日の戌の刻に門出す」、すなわち、その日の夜、八時ごろに門出をしたことを指している以外に考えようがない。解由《げゆ》を取得して門出するのは、書き手がどこかの国司の任を終えて帰るからである。出発点が不明なので、どういう経路をたどって帰るのか、読み手にはわからないが、そのあとを読むと徐々に明らかになる。逆に言えば、そのあとを読まなければわからない。したがって、香川景樹は、『土左日記』の構成を考えて、ここまでを「はしがき」と認定したことによって、ソノを無視してしまったか、さもなければ、現今の注釈者の多くが、香川景樹の解説を受け売りしたつもりで、実は、とんでもない誤解をしていることになりそうである。

この点を明白にするためには、筆者がうるさく繰り返すように、読書百遍と言わないまでも、せめて二遍や三遍は、誰かの考えを読む前に、あるいは、すでに読んでしまったならそれを棚に上げて自分の頭で読んでみる習慣を身につけないと、自分がどれほどでたらめに受け売りしているかに気づかないままになってしまう。

〈これからの出来事を日記に付けようと書き手が思い立って、手始めに、本日あったことを、ありあわせの紙に簡単に書いておいた〉というのが景樹の解釈であるならば、それは、まともな解釈の線上にあるといってよい。ただし、それは、かなり先まで読んだうえでの解釈であって、冒頭部分を読んだ段階で気づくことではない。

右に引用した注釈書は、「船中、帰路の事を書きつけ試みむと也」という後出《あと》しの説明を、スポット読みしたために、「其船中〜試みむ」という未来形の構文になっているのに、その場で「(旅中の)様子を簡略に、まとめて書きつける」と理解してしまい、ありえない解釈の行列が出来てしまったようである。航海中の記事を読んでみれば、「様子を簡略に、まとめて書きつけ」たりしたものでないことに気づいたはずである。

筆者は、何よりもまず、対象としている『土左日記』のテクストを隅々まで理解しようとすることが研究の出発点でなければならないという文献学の原点から出発して蝸牛の歩みを続けた結果、同書についての従来の認識を抜本的に改めることに成功したと考えている。もとより、テクストの隅々まで理解しようとしたことと、その目標をどこまで達成できたかとは別問題であるが、その目標をいつでも念頭に置いて考え続けた成果であるかどうかは、導かれた帰結の歴然たる相違として顕現するはずである。頭を使わない研究成果量産主義から脱却して、テクストを深く理解しようという方向に転換しなければ、研究の質を向上させることはできない。日本語話者の直覚を、権威によって麻痺させられたことによって、どれもこれも右に倣《なら》えの注釈になってしまったことを深く反省すべきである。「その由、いささかに物に書き付く」の「その由」の解釈から、研究についてのそもそも論にまで及んだが、話をもとに戻そう。

国司館を引き払って、すでに停泊していた船に乗り、さっそく当日のことを書いておこうと思ったが、まともな料紙がなかったので、「物」に、すなわち、料紙とよぶには粗末すぎる紙に、とりあえず、簡単にメモしておいた、ということであれば、翌日も、その翌日も、書き留めておきたい事柄を粗末な紙に書き足してきたら、この日記になったというのが書き手の立場である。

定家が発見したときの状態を記した覚え書きによると、日記の用紙は粗末な「白紙」だったとあるから、冒頭部分の「そのよし、いささかに物に書きつく」とは、とりあえず、手元にあった紙に「書き付け」、そのあとも、京に着くまで「書き続け」たら、その累積が、この日記になったことを裏付けるための伏線だったことになる。

仮名連鎖「かきつく」を、筆者は「書き付く」とだけ読んで疑わなかったし、注釈書もそのように読んでいるが、書き手は超一流の歌人である。『古今和歌集』の時代の仮名表記で、「かきつく」は「書き継ぐ」でもあったのであるから、特に和歌の場合、両方の意味を生かすことに思いつかないはずはない。書き手は、現に、和歌の手法を散文に応用して複線構造を駆使している。その日は、とりあえずあり合わせの紙に、門出するまでのことを簡単に書きつけた。そして、翌日以降も、船内にまともな紙がなかったが、京に着くまでにおこった事柄を、繁閑取り混ぜて書き継いでいったりしたら、通常の日記と見分けがつかなくなったということも、書き手が、この作品を周到なプロットに基づいて書きあげたというプロセスを裏付けている。「書き付く」と「書き継ぐ」とを、最初は「書き付く」、そして、そのあとは「書き継ぐ」として、それぞれ有効にしている手腕はさすがである。そのつもりで読み返すと、深い考えもなしに、私的なメモとして、「そのよし、いささかにものに書き付く」と書いたとしか見えなかった「かきつく」という仮名連鎖が、あとで考えれば、いかにも思わせぶりであったのに、筆者は、最後の段階まで見透すことができなかった。それだけに、書き手の力量に対する敬服の念もひとしおである。

## ■土左日記における「日記」の意味

『土左日記』の「日記」とは、日々の生活記録として習慣的に書く日記と違って、任地から京に戻る間に生じた出来事のうち、人間がどのようにあるべきかを考えさせるエピソードを中心に記録したものである。そのことを端的に証拠づけている事例がある。それは、元日を翌日に控えた十二月卅日が日付も記事もなく欠落していることである。

筆者はその日がこの日記に欠落していることに早くから気づいていたが、欠落の理由が理解できなかった。単純なミスだと言われれば、その可能性を否定することはできない。しかし、ミスだらけのテクストではないので、慎重に処理する必要がある。

その挙句に思い当たったのは、正月の前日という、よく目立つ日付の一日を空白にすることによって、右に述べたこの「日記」の特徴を明白にしているのだということである。すなわち、屠蘇《とうそ》や白散《びゃくさん》、それに酒までも医師《くすし》が携えてきたので、あとは、元日を待つばかり、ということで、なにも手に付かず、そわそわした状態で一日が終わったのである。それは船中の全員に共通していたから、その日に書くべきことは何もなかったからなのである。すなわち、沈黙は雄弁にまさるという手法である。

『御堂《みだう》関白記』として知られる藤原道長自筆の日記が書き込まれている具注暦で年末の部分が残存しているものを見ると、寛弘六年（1009）、寛仁四年（1020）の日記には、十二月卅日の欄に道長の書き込みがない。その一方、古写本では、寛弘八年（1011）の具注暦が十二月二十九日で終わっている。原本に道長による書き込みがないので、具注暦の三十日を書写しなかったのである。ただし、こちらの欠落は、なんらのインパクトも感じさせない。（以上、『御堂関白記』陽明叢書・思文閣出版・1983～1984による）。

具注暦とは、朝廷の陰陽寮《おんみょうりょう》で編纂して交付される、一年を半年ずつに分け、翌年のそれぞれの日の行事その他を詳細に書き込んだ巻子《かんす》形式の日記で、平安時代には、毎日の書き込みができるスペースが含まれていた。

筆者が見た範囲に限定すれば、『土左日記』には十二月卅日が欠落していることに触れているものは見当たらず、たとえばつぎのような解説が眼に留まる。

（書き手は、日記を）一日も省略することなく書き記している。船中、何も書かなければ、今日が何月何日だったかもわからなくなってしまうから、書き込みができる暦である具注暦に毎日なにかを書き込んでいたのであろうが、（略）（参考）

文献学的アプローチによる目配りは、『土左日記』に十二月卅日が欠落していることを見逃さないが、右の傍線部分のような認識は漠然とした共通理解になっているようである。

## ■貫之自筆テクストのなかの偽装

『古典再入門』を執筆した当時の筆者にとって、料紙についての情報など関心がなかったので素通りしたが、このたびはゆっくり読み直したので、料紙の紙質や寸法までがどうでもよくはなくなった。

不審に思ったのは、右に触れたように、第一枚目が最初は表紙だったのに、それより前に白紙を一枚貼り付け、しかも、その紙には何も書かなかったことである。

そこで思い出したのは、定家のメモに、貫之自筆の『土左日記』が、「白紙」、すなわち、「物」

としかよべない粗末な紙に書かれていたことである。『土左日記』の冒頭を読んだ段階では、だれもそこまで気付くはずはないが、『土左日記』は、通常の日記を意図したものではなく、見かけが生活記録としての日記と同じようになったことを理解させるための伏線であり、最初に「物」とよんだ有り合わせの紙はその証拠だったことである。だとすれば、あちこち辻褄が合わなかったりするのも無理はないと納得できる。

『古典再入門』のときと違って、筆者は、書き手が本心を簡単には見透かされないように、とぼけた表現をしている場合があることをすでにわかっているので、石橋を叩きながら慎重に読み直してきたために、右のような既結に致達することができた。

## ■『土左日記』における表現の二重性

推理小説は、作者と読者との知恵比べである。作者は、読者がそこをなにげなく読んでしまいそうな表現で解決のヒントを隠し、推理小説のファンは、早い段階で真犯人を確定したい一心で、隠された落とし穴を見のがすまいと慎重に読み進む。

書き手が、『土左日記』の存在を秘密にしておくために、結果として推理小説と似たような発想で、そういう手法を思いついたとしても不思議はない。

『土左日記』を読んで、ここは不自然だと感じたなら、トリックに誘導されることなく、隠されているカギを見つけて書き手の真意を知ることができるはずである。忘れてならないのは、この書き手が優れた歌人であり、『古今和歌集』の筆頭撰者であったことである。すでに指摘したように、書き手を慕って見送りに来た人たちと別れて船に乗る間際に甲斐歌を歌った「ある人」とはほかならぬ書き手であり、歌った甲斐歌は『古今和歌集』「東歌」の、二度と会えない親しい人を送る歌だったことである。そのことを念頭に置いて読んだなら、「西国なれど甲斐歌などいふ」に、「西国なのに甲斐歌を歌うと諧謔」などと、場違いを嘲笑したりせずに、真実に迫れたかもしれない。

女流の日記や物語などに比べたら、吹けば飛びそうな短編なのに、すっきりしないところがいくつも残っていたので、筆者は『古典再入門』を書き終えたあとも、もういちど、じっくり読もうと思いつづけていた。しかし、それと関係のない問題を解決することで頭がいっぱいで、お預けにしておくほかはなかった。そういう時期に、必要があって『土左日記』の特定の個所を引用するために記憶を蘇らせて読みなおすと、それまで見過ごしていた事柄や、表面的にしか理解していなかった箇所を発見して自信を失いかけたが、唯一の慰めは、ことばというものは、使い手の繊細な感覚と力量とで、どれほどでも奥深い表現ができることがわかってきたことである。同じ将棋盤と駒とでヘボ将棋を指して、勝った負けたと騒いでいるか、名勝負を絶賛されてもみずからの技量に満足せず、さらなる洗練をめざし続けるかの差は、時間が経つにつれて鮮明になる。みずからの専門領域をあらかじめ狭く限定したら視野が固定して、斜め方向に広がる絶景を見逃してしまう。『徒然草』をはじめとして、『古今和歌集』、『伊勢物語』、『更級日記』などの表現解析を試みてきて残念に思ったことは、筆者の導いた帰結を再調査しないまま、旧態依然たる解釈に固執しつづける専門研究者があまりにも多いことであった。

この書き手は、京の人たちのなかでも、特に上層の人たちの、欲深さや自己本位の生きかたを批判し、僻地に住む、地位や名声と無縁の人たちの素朴さ純粋さこそ人間としての理想的な生きかたであることをぜひ理解してもらいたいという思いで綴った『土左日記』の内容を、しかるべきときに世に出して、新しい世代の識字階級の柔軟な頭脳の持ち主に読んでもらって、理想的な社会を築いてほしいと念願して世を去ったのである。

## ■土着の人たちから受けた無言の教訓

ある環境のなかで生活しつづけていると、その環境に順応して、矛盾や不都合があっても反応が鈍くなりがちである。この書き手も、京を離れて生活した経験がほとんどなかったために、世の中とはこういうものだとあきらめていたかもしれないが、老年になって、初めて、しかも、流刑地になっているほどの僻地に国司として五年を過ごし、中央から派遣された役職者の貪欲さや醜い行状《ぎょうじょう》を具体的に知る一方、都会的礼儀は身につけていなくても、相手の立場を理解して行動する僻地の人々の言動や行動に接して感銘し、改めて私利私欲に満ちた京やその周辺の人たちの嫌らしさや権力階級の独善を痛感して、『土左日記』を書いて批判しようと決心した書き手の正義感は特筆に値するであろう。

仏典などは信仰の対象として最初から大切に保管されるが、仮名文学作品は、それが世に出た時点では、現今の大衆小説と同じように、一次的には楽しみの対象であったから、つぎつぎと無秩序に書写されて、どれが信頼できるテクストなのかわからなくなり、平安末期以後、歌学を核とする学問の対象とされてテクストの吟味がなされるようになったときには、もはや、原テクストの完全な復元は不可能になっていた。そのような状況のなかで、十世紀中葉から十三世紀まで世に知られることなく、無傷のままに保存されていた『土左日記』は、ただひとつの、そして極端に突出した例外である。著者の自筆テクストが室町時代まで残っていたと説明されているが、偶然に残っていたことと、著者の意向に基づいて秘密に保管されつづけていたこととでは大違いである。

それを発見した直後に書写した藤原定家のメモによると、「紙不朽損、其字又鮮明也」、すなわち、料紙はもとの状態のままであり、文字は鮮明である、と記されている。これは、世間的に表現すれば、奇跡としか言いようがない。

事実は小説より奇なりというが、ほんとうに小説家の想像を超えるほど不可思議なことが現実に起こりうるものである。ただし、宗教的な奇跡と違って世俗の奇跡が起こるには、それなりの理由があるので、それを突き止めれば、手品の種明かしと同じことで、不可思議は解消するはずである。

貫之の自筆テクストが残っていたとしても、いったん、どこかに放置されたなら、たちまち虫に食い荒らされて、見るも無惨な状態になっていたであろうから、貫之から直接に遺志を受けた人物からつぎの人物へと、大切に保管されつづけてきたことは疑いない。

平安文学の研究者なら、『土左日記』の作者自筆テクストが、三百年近くも経っているのに原形のまま発見されたことを知れば大きな関心を抱くはずだと思うのに、実物が発見されるまでの経緯が問題にされてこなかったのは、そのテクストが足利家に移されてから、さらにふたりの人物によって書写されたあと、行方不明になってしまっていたために、今さらその足取りをたどってみても意味がないと思ったからかもしれないが、それ以上に、三百年も残っていたのは偶然にすぎないと認識されたであろう。

『土左日記』の表現のなかに巧妙に埋め込まれた真実ではあるが、いずれはだれかに必ず読んで理解してほしい、広めてほしいと願いながら工夫したカムフラージュであるから、最後の最後までだれにも見破られないままに終わったりしたら水の泡になってしまうので、それを解くカギが必ず用意されているはずだと筆者は考えて、『土左日記』の表現解析を試みた。その結果、飛躍も矛盾もない帰結に到達できたと考えている。

本書は、そういう屈折した表現を中心に表現を解析した過程と帰結との報告であるが、現今の通説とかけ離れた試みであり、帰結であるから、大切な事柄を見過ごしている場合があるであろう。筆者とは別の鋭い目で点検すれば、さらに説得力を増すはずだと期待している。ただし、新しい進展によって、現時点までに導かれた帰結が瓦解するとは考えていない。『土左日記』についての既成の知識を白紙に戻して、筆者が問題を提起してから帰結に至るまでの筋道を綿密に検証してみれば、さらに新しい視野が広がるであろう。

率直に言わせてもらえるなら、本書に提示した考察を境にして、『土左日記』の研究は新しい一歩を踏み出すであろう。そして、テクストを丁寧に読んで、場面と文脈とを十分に理解したうえで慎重に立論する習慣を身につけなければならないという常識が、書記テクストを資料とする諸研究に浸透することを切望している。

# III

# 同じ仮名連鎖の重複を利用した複線構造

## ——いわゆる〈余りにもくだらない駄洒落〉候補の検証

九世紀に入ると清音と濁音とを書き分けず、語句単位でひと続きに書く音節文字〈仮名〉に移行した。そのために、『古今和歌集』の和歌は、聴覚では異なっても、視覚で同じなら等価の文字と見なす和歌に移行した。たとえば、「冬川《ふゆかは》の上《うへ》は凍《こほ》れる我《われ》なれやしたになかれて恋《こ》ひわたるらむ」(恋二・591)の、傍線を付した「なかれて」は「下に流れて」と「下に泣かれて」との清濁が違っていても、仮名で書けば同じなので複線構造が成立する。ついでに、多少、脱線になるが、思い込みで、とんでもない誤解をしている例をいくつか列挙しておく。

われはけさ　うひにそみつる　はなのいろを　あたなるものと　いふへかりける（古今和歌集・物名（さうひ）・436・貫之）

「物名《もののな》」とは、和歌の三十一文字の仮名のなかに、題にした語の仮名連鎖を巧みに埋め込んで隠す文字遊びである。この和歌の題は「さうひ」（サウビ）、すなわち、「ばら」であるが、中国渡来の観賞用である。和歌に漢字を当て、濁点を付けると、つぎのようになる。

我は今朝　初《うひ》にぞ見つる　花の色を　あだなるものと　言ふべかりける

わたしは、今朝、初めて見た、（この）花の色を、やはり、はかないものというべきであった。

わずか三十一文字の仮名連鎖のなかに、三字の仮名連鎖「さうひ」がどこにあるかを見つけることぐらい即座にできそうに思えるが、右に示した全文仮名書きの和歌で探してみると、予期に反して手間取ることがわかって驚くであろう。

「我は、今朝、初《うひ》にぞ、見つる〜」と、和歌の意味を考えながら探しても、あるいは、〈五七〉の単位に切って探しても、仮名連鎖「さうひ」は見あたらない。和語と漢語とは、語音結合則、すなわち、どの音とどの音とをどのように組み合わせて語を構成するかの規則が異なるので、さすがの貫之も漢語の「さうひ」を和歌のなかに埋め込むために、「初《うひ》にぞ見つる」という初々しい花の印象を想起させることばを創り出して乗り切っているが、その甲斐あって、題の「さうひ」が見事に和歌のなかに溶け込んでおり、何度読んでも見つけることができない。物名は別名を隠し題という。「さうひ」は、どこに隠れているのであろうか。

『古今和歌集』物名部、四十六首のなかから、もうひとつ選んでみよう。

わかやとの　はなふみしたく　とりうたむ　のはなけれはや　こ、にしもくる

(442・友則)

我が宿の　花踏みしだく　鳥打たむ　野は無ければや　こ、にしも来る

我が家《や》の花を踏みにじる鳥を叩いてやるぞ、野原がないからだろうか、ここにばかりやって来る

「りうたむ」(リンドウ)は日本にも自生していたが、これは中国渡来の観賞用であろう。「竜胆」も漢語であり、しかも、そのあとに「のはな」三字を添えて題の仮名連鎖を長くしてあるので、ひと続きの仮名連鎖として和歌に組み込むのは、なかなか難しい。

我が、宿の、花、踏みしだく…、と気をつけて読んでみても、「りうたむのはな」を見つけるのはひと苦労である。しかし、語句の意味も音節律も関係なしに、「りうたむ」の頭《かしら》文字「り」の仮名を探せば、簡単に見つけることができる。これは、かつて筆者が見つけたコツであるが、わかってみれば当然である。「さうひ」の場合なら「さ」を探せばよい。

「さうひ」の場合には、花としての「さうひ」(薔薇)がこの和歌では不可欠の構成要素と

して組み込まれているが、「竜胆」のほうは、長い仮名連鎖「りうたむのはな」を巧妙に隠してしまえば、花としての「りうたむ」は御用済みである。美しい桜を眺めながら、持参した弁当を平らげてしまえば、空っぽになった箱は無用の長物である。前者の類型を据付型、後者の類型を（花見）弁当型とよべばわかりやすい。ただし、貫之がこのような複線構造の構成をヒントにして創案したのは、和歌の技法そのものではなく、散文への応用であるから、物名の和歌のルールをそのまま守る必要はなかった。そもそも、隠し題に相当する語句をあらかじめ明示したりしたら、探すべき語句を設けても意味がないので、それがあることを示唆するヒントは、ふつうに読んだ場合に感じる表現の不自然さや欠落感であった、——と説明しても理解しにくいので、以下に提示する用例で納得していただきたい。

■既成の知識を白紙に戻して読む

平安時代の仮名文学作品に関する限り、信頼できる注釈書に巡り会える確率は高くない。筆者は日本古典文学の部門に籍を置いたことがないので、研究者との学的接触は少なかったが、書いたもので判断すると、平安時代の仮名文学作品に関する限り、書記テクストを読み解く力が全般に高くないと感じている。それは、伝統的国文学には、書記テクストを丹念に読み解こうとする雰囲気が希薄であったために、《読まないから読めない、読めないから読まない》が、国文学から日本文学に名称を化粧直ししただけで、そのまま続いているからである。

これまで『土左日記』の研究に携わってきた研究者の、テクストを解読する力が概して弱いのは、問題の設定と、それを解くことを可能にするアプローチが、――すなわち、有意の帰結を導くためには、対象にどのように接近すべきかなど、――方法についての認識が植え付けられていないからである。いかなる研究も、つねに方法を意識しながら進めなければ、進歩は期待できない。

## ■いわゆるくだらない駄洒落候補を検証する

あまりにもくだらない駄洒落の頻出を見て、貫之の諧謔はすばらしいとか、貫之にしては下手としか言いようのない和歌を見て、さすがは貫之の和歌だなどと有り難がるのでなければ、旅のつれづれなればこそ、こんなにつまらぬ駄洒落や下手な歌を書き留め得たのだと気づくのではないか。

（参考）

貫之自身には公表するつもりなどなく、その場の雰囲気で気軽に詠んだ下手くそな和歌を、『土左日記』を書いた「をむな」が書きとどめただけなのだということである。

現今の研究者たちにそういう勿体ぶった読みかたをして礼賛する風潮があることをこの著者が歯がゆく、また、苦々しく思っていなければ、あるいは、影響力の強い人たちが論文や著書のなかでそういう無批判な礼賛をしていると、この著者が腹に据えかねている事例がないならば、この分野の指導的立場にあるこの著者が、これほど率直な書きかたをするとは考えにくい。

「あまりにもくだらない駄洒落の頻出」と表現されているのは、たとえば、どの部分なのであろうかと探してみたが筆者はその適例を見いだせなかった。和歌だけを取り出した索引で判断したりすれば、該当例がたくさんあるようにみえても、詞書を読むと評価が違ってくる事例が多い。

■くだらない駄洒落　候補(1)

元日（略）、芋茎《いもし》、荒布《あらめ》も歯固めもなし、かうやうのもの無き国なり、求めしもおかず、ただ押鮎《おしあゆ》の口をのみぞ吸ふ、この吸ふ人々の口を、押鮎、もし、思ふやうあらむや、★今日は、都のみぞ思ひやらるゝ、小家《こへ》の門《かど》の注連縄《しりくべなは》の名善《なよし》の頭《かしら》、柊《ひひらぎ》ら、いかにぞ、とぞ言ひあへなる（★の記号については後述）

○芋茎…ズイキ。○かうやうの物…このような種類の物。○押し鮎…アユを塩押しにした保存食。○注連縄…しめ縄。○なよし…魚名、ボラ。「名善し」と漢字を当てて、正月の縁起物のひとつにしていた。

京では元日に必ず食べるべき芋茎、荒布、歯固めもない。こういうものが無い地方なのだ、よそから取り寄せることもしていない、縁起物がないので、ただ押鮎の、その口だけを吸っている。吸う人たちの口を、押鮎は、それがどういう意味なのか、わかっていないであろう。

傍線部分の表現について、四種の注釈書が、つぎのように解説している。

①塩辛い押鮎の頭を端からポチポチと囓るさまを接吻の動作に見立てたのである。

②(頭注)押鮎の頭から食べるさまを接吻に見立てた。(傍注)押鮎もあるいは何か感じているかもしれない。

③食べる姿が接吻しているようだと諧謔し、押し鮎が変な気を起こしはしないかと擬人化。

④頭からしゃぶるのを口づけに見立てる。

この作品の基調は諧謔だと思い込んでいるので、ここもそうだと決めつけて接吻と判断している。接吻が目的だから口だけを、ということであろう。

「この吸ふ人々の口を、押鮎、もし、思ふやうあらむや」とは、せっかくの押鮎なのに食べないで、口だけを吸っている理由を、もしや理解しているであろうか、とは、修辞的疑問表現、すなわち、国文法にいう反語であるから、なんのつもりなのか見当がつかないであろう、と理解すべきである。表現を比較すると、テクストには「吸ふ」とあるのに、注釈は「食べる」、「囓る」などとなっている。原文の「吸ふ」ではなく、先行注釈の接吻に合わせて現代語訳した疑いが濃厚である。

今日は元日という特別の日なので、人間はお決まりの縁起物を食べないと気が済まないのに、そういう縁起物がないので、名善《なよし》の頭《かしら》の代わりに押鮎の口を吸って間に合わせたことを押鮎は知らないから、人間たちの奇妙な行動を不思議そうにキョトンと見ているばかりだ、ということである。

「口をのみ吸ふ」なら、口だけを吸う、口ばかり吸っている、であるが、ここは、「口をのみぞ吸ふ」と、表現が断止しているから、〈口のほかは吸わない〉、すなわち、他の部位には目もくれないという含みになる。そもそも、『土左日記』をきちんと読んだなら、書き手がエロティックな駄洒落をとばしてほくそ笑むような人物だとは思わないであろう。

本居宣長以来、ゾの機能は強調だと決まっているようであるが、そこまでで表現が断止するというのが筆者の主張であり、ここはその適例のひとつである。（小2014Ⅴ章）

右に引用した元日の記事の途中に★印を付けておいた。注釈書は、★印のまえまでで接吻説を導いているが、つぎに、それ以下を再引用する。

　今日は都のみぞ思ひやらる、小家《こへ》の門《かど》の注連縄《しりくべなは》の名善《なよし》の頭《かしら》、柊《ひひらぎ》ら、いかにぞ、とぞ言ひあへなる京に着くまえに元日を迎えたこの人たちは、京の元日風景を思い描いた。小さな家の門にしめ縄を張って、それにボラの頭が付けてある。頭だけで胴体はない。実際に目の前にあるのは名善《なよし》（ボラ）ではなく押鮎なので胴体が付いているが、京の元日を思い浮かべて、押鮎を名善の頭に見立て、その口だけを吸ったということなら、接吻云々は極端な穿《うが》ち過ぎである。ヒイラギはどうだった、と話し合っている。

■くだらない駄洒落　候補(2)

つぎの事例は、押鮎の口どころではない、これは極端に卑猥な冗談とみなされてきた。

一月十三日（略）の「老海鼠《ほや》のつまの貽鮨《いずし》、鮨鮑《すしあはび》をぞ、心にもあらぬ脛《はぎ》に上げて見せける」という描写をスポット読みすれば、この書き手も、所詮、大胆な striptease を盗み見て喜ぶ、ただの下品な男性にすぎなかったとなりかねない、しかし、この部分を文脈のなかに置いてきちんと読めば、乗り込んだ港を出航してから半月あまりも男性たちと同じ船内にいて、一挙手一投足に気を遣わなければならない生活を送っていた女性たちが、月明かりの海辺に出て、無我夢中で体を洗う場面の描写である。船中における彼女らの耐えがたい苦しさの連続を読み手に理解させるために、比喩でぼかしながら、思い切ってこのような描写をした理由が理解できれば、書き手に対する評価は逆転する。（小 2012）

ここで、テクストの内容を読み取る場合の基本中の基本に属する大切な心得のひとつを強調しておかなければならない。

どうして、この沐浴のシーンが大胆きわまるstripteaseにされてしまったのか。それは読み手の品性にあると密かに思っていたが、その点について、注釈者を買いかぶっていたことに気が付いた。

乗り物の中でうっかり財布を見せるとスリに狙われますよ。

日本語話者なら、この「見せる」が、「免許証を見せてください」の「見せる」と違って、見せるつもりなどまったくないのに、だれかが見てしまうことだと理解するであろう。「財布を落とした」も同様である。それなのに、「着物を脛まで上げて見せたことだ」のように、意図的に見せたと説明したり、海神に積極的に見せたという民俗学の受け売りもある。「脛まで」は現実よりもかなり抑えた慣用表現である。

最初に自分の頭で考えれば、日本語話者の直覚が反射的に働くのに、注釈書などを見たうえで考えるから、こういう結果になって、『土左日記』冒頭部の「そのよしいささかに物に書き付く」と同じ過ちをここでも繰り返している。近道を選ぶと溝にはまって動けなくなる。

「貫之にしては下手としか言いようのない和歌」（参考）と評価された駄作を筆者は見つけることができなかった。巧拙の判定は主観に基づくとしても、大きな疑問が残る。

「かな」で書かれた理由は、和歌を中心に据えた日記を書くためであり、また「かな」で書くために女性に仮託する必要があったわけだが、享受ということになると、男性である貫之が、男性たちが集まった場で披露することが前提にあったために、独特の韜晦と、やや品の悪い駄洒落が、文中に多々見られるのであろう。こう考えてこそ、女性に仮託しながらもそれに徹しきれない奇妙な文体の謎が解けると思うのである（参考）

接吻という解釈も、これと同じ発想に基づいている。右の表現からは、男性だけの無礼講における卑猥な余興のような形で披露している情景が想像されるが、安易な辻褄合わせの感を拭いきれない。「奇妙な文体」の具体例を解析した結果が示されれば、問題の在りかが鮮明になるであろう。

IV

# 和歌の内部構造の変化が屈折した表現を可能にした

『万葉集』には短歌のほかに長歌も少なくないが、日本語の和歌は、原則として、〈五七〉を複数回重ねて、最後の〈五七〉に〈七〉を加え、〈七七〉で終わる詩型である。『古今和歌集』以後は中核部が短歌だけになっている。平安時代も近世も、短歌の構造は同じだと信じられており、歌風が変化したとしているが、実は、内部構造が二回も大きく変化しており、平安時代の和歌は中世以降の人たちに理解できなくなっていることに気づかなければならない。そのことを本居宣長による『古今和歌集』の現代語訳『古今集遠鏡』によって実証する、そのことを知らなければ、『土左日記』における紀貫之の推理小説的手法は理解できない。

## ■和歌の内部構造

これまでの検討をつうじて、俗説や通説の誤りを訂正したり、新しい知識を獲得したりすることができたが、当面の課題を解決するうえでの大きな収穫は、今日まで問題にされることなく放置されてきた『土左日記』特有の不可思議な事象を解明するための大切な手がかりが得られたことである。それは、『土左日記』の表現を額面どおりに受け取ると、しばしば、とんでもない方向に誘導されてしまうということである。

信頼できる人物に『土左日記』の原本を厳重に保管してもらっていても、思わぬ手違いでだれかの目にとまらないとは限らない。そこで、書き手は、ふつうに読んだら退屈なことしか書いていないように見せかけながら、和歌の技法を応用して、重要なことを巧みにカムフラージュして織り込む目隠しのテクニックを考え、それを実行している。

書き手は和歌や散文の異才ではあったが、そのような才能まで抜群だったとは限らない。しかし、〈意志あるところに道あり〉という諺どおり、推理小説めいた手法まで考えつくことができたのである。

いつ、どこでどういうことが起こるかは、その時になるまでわからないので、その日その日を区切って書く日記にあらかじめのプロットはありえない。しかし、これまでの検討から明確になったとおり、『土左日記』は特定の目的のもとに書かれた著作であるから、一貫した、そして、巧妙に隠されたプロットがあることを我々はすでに見抜いている。

『土左日記』に虚構があることは共通理解になっているとしても、その理由を立ち入って推察した論著があることを筆者は知らない。それは、おそらく、話の展開にメリハリをつけたという程度の理由しか思いつかないし、日記の歪曲だと目くじらを立てるほどの問題でもないからであろう。筆者も、ある段階まで、『土左日記』の根幹は実録であって、ときおり虚構を交えていると漠然と考えていたが、読んでいるうちに、この著作の目的にとって不可欠なのは虚構の部分であり、極端に表現すれば、外見を「日記」らしく見せるために、実録も織り込んだと考えるようになった。

## ■歌風の変遷の動因

日本における定型詩の音節律は、どの歌体も《(5・7) n+7》、すなわち、《五七》を複数回繰り返して最後に〈七〉を付け、末尾を〈七七〉にして完結するのが原則であった。

短歌の音節構成は上代から《五七五七七》に固定されており、その伝統は将来にも継承されるであろう。音節構成が固定したままで内部構造が変化したといっても、目まぐるしく変化を重ねたわけではなく、移行する過渡期に新旧の類型が共存していた時期が長かったために、和歌を詠んでいる人たちも、内部構造が変化しているという自覚はもたなかったので、歌風の変遷として認識されていた。代表的な歌集を指標にした、つぎの三区分が、すなわちそれである。

　万葉集＝素朴　古今和歌集＝観念的　新古今和歌集＝幽玄

教室で習ったことを思い出せば気づくであろうが、伝統的国語学は、事実上、文法がすべてである。したがって、これから説明することは初耳であろうが、歌風の違いに基づく右の三区分は、和歌を表記する様式の、すなわち、どの文字体系をどのように運用して和歌を表記するかの切り替えと重なっていることに注目したい。

①素朴（万葉集）…………漢字専用
②観念的（古今和歌集）……仮名文字専用
③幽玄（新古今和歌集）……仮名漢字併用

原文の文字どおりに活字化した『万葉集』のページをめくってみればすぐに気づくとおり、すべての文字が漢字である。ただし、個々の和歌を漢字でどのように表記するかは多種多様であり、その当てかたの巧みさを競っている事例も少なくないので、現今の研究レヴェルでも、いまだに訓《よ》みを確定できていない和歌が残っている。

漢字は、原則として、形（＝字形）、音（＝発音）、義（＝意味）の三要素をそなえた表語文字であるが、義を捨てて形と音とを生かした表音文字として使用する用法を〈仮借《かしゃ》〉とよんでいる。中国では、中国語以外の言語を表記する場合、たとえば、仏典のサンスクリット語を

「阿弥陀《あみだ》」や「釈迦《しゃか》」のように仮借で表記していた。その方式を利用したのが、「比具良之伎奈久」(ヒグラシ来鳴く)のような表記である。もっと古い時期の『古事記』や『日本書紀』などの歌謡はそういう方式で日本語を表記しているので借字《しゃくじ》とよべばよいが、『万葉集』の場合には、頓知で解読しなければならない表記まであって、文字の分類名を付けようがない。伝統的に借字を「万葉仮名」とよんでいるが、筆者は使用しない。

前述したように、歌風の変化の切れ目が、表記する文字の種類と、運用のしかたの切り替えと時期が重なっているのは、表記するそれぞれの文字体系の特性を最大限に生かす運用のしかたの違いが歌風の変遷として顕現したからである。

借字は、楷書か、それを少し崩した程度の書体で書かれていたが、中国には、非公式の文章を書くための、任意に続け書きができる草書体も発達していたので、九世紀になると借字の使用領域は大幅に縮小し、非公式の文章は草書体の音節文字に切り替えられた。それが〈仮名〉である。散文には「日記」「京」などのように、口ではふつうに言えても、平安時代には、まだそれを表記する仮名が確定していなかったために、漢字で表記されていた。

借字を並べて文章を書くと、語句の切れ目がどこにあるのか判別困難になるので、清音と濁音とに別々の文字を当てて語句の単位をとらえやすくしても、音数律を手がかりにしなければ容易に読み解けなかったので、散文の表記に借字は使用できなかった。なぜなら、書くことができても容易に読み解けなければ、実用にならなかったからである。

筆者には、右のようなことについて詳述した著作があるので（小2012）、ここには、『土左日記』の冒頭文について考えるうえで必要な事柄に限定する。ただし、もっともらしく見えながら見当はずれの説明がすでに定着している状態のなかで、これから提示する解釈を、なるほど、もっともだと賛同してもらうためには、十分の説得力がなければならない。

■本居宣長『古今集遠鏡』

今となっては古い話であるが、太平洋戦争終結後にようやく日本に導入されたアメリカ構造言語学（ただし、アメリカでは、すでにその末期であったことを現地の大学に赴任して知った）に没入していた筆者は和歌や短歌などにまったく関心がなかった。なぜなら、整った表現を短詩形に盛り込むことはできないので、独り合点のことばを好き勝手に並べて自己満足しているだけであるから、客観的研究の対象になりえないと信じ込んでいたためである。しかし、思わぬ動機から、平安時代の和歌を根本的に見直してみようという意欲が沸いてきた。それは、本居宣長の『古今集遠鏡』（1793成立・没後刊。以下『遠鏡』）を読んだからである。それは、『古今和歌集』の和歌を近世の日常語に翻訳したもので、いわゆる古文現代語訳の最初の試みであった。遠鏡とは望遠鏡である。日本製の優秀な製品ができて評判になり、宣長も実物を手にして、鮮明な映像に目を丸くしたのであろう。

雲の居る　遠きこずゑも　遠鏡　写せばここに　峰のもみぢ葉

冒頭のこの一首に、同書を書いた目的が端的に表明されている。雲がその上にじっと留《とど》まっている遠くの山に生えている木の、その梢を肉眼で見ても、木の種類さえ定かでないが、望遠鏡で見れば、紅葉の下葉まで手にとるように見えるのと同じように、昔のことばを当今のことばに置き換えれば、細かなところまでよくわかる、と宣長は説明している。

比喩を使うと、わかりやすくなる場合が多いが、読者を煙《けむ》に巻いてしまう場合もある。いちばん警戒しなければならないのは、自分で考えた比喩に自分がだまされてしまうことである。この場合は、宣長自身がみずからの上手な比喩にだまされている。なぜなら、望遠鏡で狭い部分を拡大できる代わりに、周囲の視野が狭くなるので、すなわち、一首全体の姿が目に入らなくなるので、スポット読みになりがちだからである。そもそも、千年も前の和歌を現今のことばに等価で置き換えることなどできるはずはない。できるとすれば、説明だけである。

かゝりひの　かけとなるみの　わひしきは　なかれてしたに　もゆるなりけり（古今和歌集・恋一・530）

篝火の　影となる身の　侘しきは　なかれて下に　燃ゆるなりけり

篝火に煌々《こうこう》と照らされているあのかたと違って、その影にいるわたしは、侘しいことに、その下を流れる川に流されながら、人知れず泣けてくる状態で、あなた様を慕う心が燃えているのです、というような恋歌であるが、仮名連鎖「なかれて」が、「流れて」と「泣かれて」との両意に使われており、また、「下に」も、だれも気づかない「川の流れの下で」と、「下に燃ゆる」、すなわち、表に出せない恋心がひそかに燃えている、という両意に使われているからである。

『万葉集』では、清音と濁音とを別々の文字で書き分けていたので、「泣かる」と「流る」とを重ねることはできなかったし、平安時代後期になると、漢字を交えて表記するようになったために、この技巧が使えなくなっている、――というよりも、使わなくなったために自然に消滅した。ただし、それによって和歌が単調になったわけではなく、平安前期に発達した、仮名連鎖を目で見て考える詩が、詩の必要条件のひとつを犠牲にしていたので、遅かれ早かれ、――といっても、つぎの体系に完全に移行するまで、二世紀を要したが、――口で言えば、そして、耳で聞けば、理解できる詩に回帰するのは必然だったからである。ただし、そのように表現してしまうと、まるで、『古今和歌集』は和歌史において脇道に反れていた時代であったかのような印象になりかねないが、それは、すばらしい知的な和歌の時代として歴史に残る二百年であったことを忘れてはならない。現今の和歌史では『古今和歌集』に代表される時期の作品を、負の含みで〈観念的〉と捉えているが、頭を使って作った和歌を、頭を使って解きほぐす『古今和歌集』の和歌の知的な表現に魅せられて、表現解析に没頭した数年間は筆者にとって忘れがたい思い出である。それらの作品を一括して観念的と特徴づけたのは、頭を使って構成した和歌を、頭を使わずに単線的に読み取った人たちであった。この表現は、『土左日記』にもそのまま当てはまる。

閑話休題。『遠鏡』に話を戻そう。

筆者は関東の育ちで、生きた関西方言に接したことがないまま、平安時代から中世にかけての京都方言で書かれた文献を手がかりに研究していたので、十八世紀末における関西方言の一端を知りたいと考えて『遠鏡』を読んでみることにしたのであったが、当時の畿内方言に訳された『古今和歌集』の和歌を読みはじめてすぐに気づいたのは、宣長が『古今和歌集』の和歌の内部構造が近世と同じだったと思い込んでいることであった。仮名で書けばどちらの和歌も三十一文字であるために、きわだった違いが感じられないので、『古今和歌集』の和歌を単線的表現として読んで、わかったつもりになっており、そのうえ、複線的表現の多い『古今和歌集』では、詞書が大切な役割を担っていたことに気づいておらず、ほとんど無視してしまったことも致命的であった。

『古今和歌集』の特徴は、事実上、巻十八までが正編に相当する部分であるから、正統の短歌で構成されており、それらの和歌を理解できるように、あらかじめ心得ておくべき知識として伸縮自在の詞書を添えている。したがって、詞書がある場合には、まずそれを読んでから和歌を読まないと、撰者が理解したことと、——ということは、おそらく作者が意図したであろうことと、同じには理解できない結果になる。

詞書と和歌とを一体とした方式は、勅撰集の場合、三番目の『拾遺和歌集』までであり、そのつぎの『後拾遺和歌集』以後は、もっぱら和歌だけで表現するようになったために、詞書は急に減少し、添えられていても予備知識としての役割を担わなくなっている。宣長は、もっぱら学者としてイメージされているが、和歌については、そのような構造的変化が生じて以後の歌人でもあったので、みずからも詞書に頼らない和歌を詠んでおり、『古今和歌集』の和歌に詞書があっても、和歌と一体不可分の構成要素であったとは認識していない。

古年《ふるとし》に春たちける日よめる　在原元方
年の内に　春は来にけり　一年《ひととせ》を去年《こぞ》とや言はむ　今年《ことし》とや言はむ（古今和歌集・春上・一）

年内ニ春ガ来タワイ　コレデハ　同シ一年ノ内ヲ　去年ト　云タモノデアラウカ　ヤツハリ　コトシト云タモノデアラウカ

この訳文を読んだら、ほとんどの読者は在原元方という歌人の知的資質を疑うであろう。最初の勅撰集の冒頭歌がこの始末では、先が思いやられる。それに比べると、さすが『万葉集』はほんとうにすばらしい、となって、その流れは現在にまで及んでいる。しかし、右の現代語訳を読んでこの和歌を、下らないと軽蔑するのは早計である。そんなばかげた和歌を、貫之を筆頭とする選者たちが最初の勅撰集の冒頭に掲げるはずはない、――としたら、宣長はなにか大切なことを見逃しているに相違ない。それは、「ふる年に春立ちける日、詠める」という詞書である。

新年が来るまでのその年の残りを、作者は「古年《ふるとし》」とよんでいる。色あせた邪魔者の数日が残っているが、早く終わって新年が来いと、みんながそういう心理状態になっているところに立春が来た。しかし、肝心の新年がまだ来ていないから、年が明けたとは言いにくい。残っている日々を含めて去年とよんでかまわないであろうか、それとも、まだ今年とよばなければならないのであろうか、という迷いである。もういくつ寝るとお正月? と、何度でも聞くのと同じ心理であるから、いくら考えても決定的な答えが出てくるはずはない。どちらでよぶのが正しいのか、困ったな、では洒落にもならない。決め手は、詞書の「古年」の持つ負《ふ》の含みである。この和歌を冒頭に据えて、そのつぎに、待ちに待った新年を喜ぶ和歌が続いている。なかなか心にくい編集である。

これで汚名は返上できたが、問題はむしろこのあとにある。

『古今和歌集』の四季の部は春歌上から冬歌まで六ブロックになっているが、各ブロック夫している。

の境界は、意図的に、つかず離れずになっている、というよりも、そうなるように撰者が工夫している。

春歌上末　見る人もなき山里の桜花　ほかの散りなむ後《のち》ぞ咲かまし（68）

春歌下初　春霞たなびく山の桜花　うつろはむとや　色変はりゆく（69）

春歌上末の歌では、春歌下の時期のほうで咲きなさいと言い、春歌下初の歌は、春歌下初の時期に咲いたのに、もう散ろうとして花の色が変わりかけていると詠んでいる。

夏歌末　夏と秋と行き交ふ空の通ひ路は　片辺《かたへ》涼しき風や吹くらむ（168）

秋歌上初　秋来《き》ぬと目にはさやかに見えねども　風の音にぞ驚かれぬる（169）

夏歌末の歌は、夏が去ろうとし、秋が来ようとしてすれ違う路では、片側に涼しい風が吹いているだろうと推測し、秋歌上初の歌は、秋が来たと目では確認できないが、風の音がしたので、はっとした、と詠んでいる。要するに、季節はいつの間にか、つぎつぎと移っているのであって、掌《てのひら》を返すように変わるわけではないということである。

そのようにして季節の変化をつぎつぎと重ねるうちに年末になる。

行く年の惜しくもあるかな　ます鏡　見る影さへに暮れぬと思へば（342）

この一年を過ごして、澄んだ鏡に写るみずからを見ると、精彩を失っている――、これは、貫之のしみじみとした述懐である。残った今年のわずかな日々を惜しんで静かに暮らそう、ということで四季の部はここで幕切れだと考えて、気が早い読者はつぎに移ってしまいそうになるが、年の終わりはこの世の終わりではない。そのつぎに新しい一年が待っている。行く年はあと何日だろう、と数えていたら、新年にならないうちに早々と立春がやってきた。しかし、正式に年が変わるまでは、行く年の懐かしい思い出がまだ色濃く残っている。一体、自分は、懐かしい一年を回顧してあと数日を静かに過ごしたらよいのか、それとも新しい一年に心を切り替えるべきなのか、どちらを選んでも落ち着かない、ということである。悩んでいるうちにとうとう新年がやってきた。しかし、心は暦どおりにすらすらとは進行しない。

袖ひちて　結びし水の氷れるを　春立つ今日の風や解くらむ　(2)

冬歌末（342）の述懐も、新年早々のこの和歌も、作者は紀貫之である。『古今和歌集』全体をつうじてセクションの二番目あるいはセクション末のひとつまえに貫之作がしばしば出てくるのは、筆頭撰者貫之のグランドデザインに基づいているからである。

「袖ひちて結びし水」とは、夢中になって飲み終わり、我に返ったら、(両) 袖がびしょびしょになっていた状態で、すなわち、衣服をかばうことなど考える余裕もなく、水を両手で掬《すく》って飲んだ水、すなわち、真夏の日に山のなかで、やっと見つけた水飲み場、すなわち、湧き水や流水などを飲める状態にしてある場所、を見つけて突進し、夢中で喉を潤《うるお》した水である。おいしかったあの水が「氷れるを」とは、冬になって凍っているのを、「春立つ今日の風や解くらむ」とは、「立春の今日の（暖かい）風が解かしてくれていることだろう」と、前年の、もっとも鮮明に記憶している出来事を懐かしく思い出し、その記憶を本年の期待につないでいる。（小1997・第二章）

『遠鏡』は、詞書を無視しただけでなく、第二句「春は来にけり」を「春ガ来タワイ」と訳していることも大きなミスである。「春は来にけり」とは、年内に春分が来たばかりに、元日が待ちきれなくなった、という気持の表明なのに、「春ガ来タワイ」と訳したばかりに、春が来たからどうしたんだ、という無感動の表現になってしまっている。

宣長が『古今和歌集』の和歌表現を平安時代の歌人なみに理解できていたなら、それと等価の現代語訳が可能だとは思わなかったであろう、——となると、批判を免れないのは、和歌を資料にして研究している日本語史や和歌史の研究者である。筆者はすでに文献学的アプローチで『古今和歌集』の和歌表現の解析に取り組みはじめていたので、独自の歩みを続けることができたが、和歌史とは一般に考えられているようなものではないことを確認できた点において貴重な経験であった。残念なことに、『古今和歌集』の近年の注釈書も、依然として『遠鏡』流の二次元的現代語訳をしており、注釈も『遠鏡』流を出ていない。希代の大学者を崇敬して後塵を拝するだけでなく、それほどの学者でさえ、旧態依然たる現代語訳をしてしまった理由を考えてみるべきであろう。

ふざけたような現代語訳を見て、くだらない和歌だとみんなが思い、訳が間違っている可能性をだれも考えなかったのは、あの大学者が間違えたりするはずはないから、問題は和歌の側にあると信じていたからであろう。こういう権威主義、知名度盲信は、『土左日記』解釈の現状にもそのまま当てはまる。ひとつ覚えの訳語は、その典型である。

## ■借字から仮名への移行

すでに述べたとおり、仮名とは、八世紀末から九世紀初頭にかけて、草体（草書体）の漢字をモデルにして形成された、日本語の文字体系のひとつである。その最大のメリットは、前後に隣接する文字との切れ続きで語句のまとまりを明示できることであった。上代の借字のように清音と濁音とを別々の文字で書き分けないのは、文脈のなかにあれば語句が容易に確定できるので、それぞれの仮名が清音か濁音かを容易に判別できたからである。

借字は楷書が基本であったが、しだいに崩れて平仮名になった、という妄説が堂々と通用しつづけているが、そのとおりであったなら、借字から仮名に移行する過渡期に書かれたいろいろの段階のテクストが残っていてもよさそうなのに、そのような形状の音節文字で書かれたテクストの存在は知られていない。その理由は、漢字の楷書体を導入したのが借字であり、語句の切れ続きを容易に判別できるように、漢字の草書体を導入したのが仮名だったからである。仮名は、濁点の有無で清音と濁音とを区別する現行の平仮名に移行している。

## ■共通の仮名連鎖を重ねた複線構造

からころも きつ、なれにし つましあれは はるはるきぬる たひをしそおもふ

『伊勢物語』第九段と『古今和歌集』羇旅部（410）とにある有名な和歌である。「妻シあれば」のシ、「旅をシぞ思ふ」のシが、それぞれ、「妻」、「旅」を強く印象づけている。

ひとまず、つぎのように読んでおこう。

唐衣《からころも》 着つ、馴れにし 妻しあれば 遙々《はるばる》来ぬる 旅をしぞ思ふ

高貴な女性が着る唐風の衣を身につけて、わたしと懇《ねんご》ろにしていた妻が京にいるので、そこを離れて遙々とここまで来た苦しい旅が心に刻まれている、ということでよさそうである。『遠鏡』は、右に示した形をこの和歌表現のすべてとみなして、それを俗言に訳しているが、「はるはるきぬる」という仮名表記のままで考えたなら、もうひとつの解釈がありうることに気づいたかもしれない。しかし、「はるばる来ぬる」と濁点を打ち、あるいは、「遙々来ぬると漢字を当てたとたん、「旅衣（を）張る張る着ぬる」の可能性は葬られる。

「張る」とは、衣を洗ってピンと張ること、この場合は、悲しみの涙でぐっしょり濡れた旅衣を頻繁に洗ってぴんと張りなおしながら、という意味になる。

宣長は、単線表現の世代になってから久しい時代の歌人だったので、『古今和歌集』の和歌も一回読みで、『遠鏡』に、つぎのように訳している。

○□きつ、故郷ニナジンダ妻ガアレバ　別レテハルぐヽト来タ此旅ガサ

ココロボソウ物ガナシウ思ハル、

同書の例言によると、□印は枕詞や序（序詞）などの訳を省いたことを表わす記号であり、それに従って訳文から「からころも」を捨てている。現在、学校でもそれらを訳さないと教えているようであるが、その便法が『古今和歌集』の和歌には通用しない。その時代には、すべての和歌が仮名だけで書かれていたので、この和歌に同じ仮名連鎖をもつ複数の語があり、それらが絡み合って複雑な表現をしばしば構成しているからである。

共通の仮名連鎖を重ねる場合、二音節語は短すぎて、仮名連鎖の重複が偶然にできてしまうし、重複しているという印象が薄いために対象にならない。しかし、第四句の「はるはるきぬる」は、「来ぬる」のほかに、「張る張る着ぬる」も当てはまることを見逃してはならない。これは、仮名文字を別々の文字で書き分けないからこそ可能な表現技法であった。『古今和歌集』では、この和歌が複線構造として詠まれ、そして、読まれていたのである。

京に残してきた愛する女性を思って流す涙で旅衣がビショビショになり、いくら洗っても追い付かなかった。それが「張る張る着ぬる」である。したがって「はるはるきぬる」は、〈涙でずぶ濡れの旅衣を頻繁に洗ってピンと張り直すことを繰り返しながら、遙々《はるばる》とここまで来た旅を思い出す、という意味になる。《五七五七七》の文字数を継承しながら、仮名が清音と濁音とを書き分けない音節文字であることを生かして、いわば一首の表現領域の限界を飛躍的に拡大した複線構造の技法は、和歌史における飛躍的進化であった。

この和歌そのものを十分に理解するためには、ほかに付け加えるべきことがいろいろあるし、複線構造の技法にも豊富なヴァラエティーがあるので、以上の説明ですべてわかったことにはしないでほしいが、深入りすると本書の目的が霞んでしまうので、先に進もう。

## ■円滑な伝達のために——定義された用語を正確に使用する

本書の主題は『土左日記』の不可思議を解明することであるはずなのに、どうして和歌史の話が延々と続くのか、苛立ちを覚えはじめている読者が多いかもしれないので、『土左日記』から脱線したわけではないことを、そして、確実な帰結を導くためには、このような話をもう少し続ける必要があることを説明しておこう。

『古典再入門』が刊行された三年後、『土左日記』冒頭文の複線構造に関する筆者の解釈を全面的に否定し、女性仮託説を絶対とする長い論文が公表された。反批判などしなくても、本書の結論を読めばわかることなので、ここで論破する必要はないが、同論文を引用して、議論のありかたについて私見を述べておきたい。

これまで述べてきたことを整理してみるならば、以下の3点に集約される。すなわち、第一に、土左日記はその冒頭文において女性仮託を宣言していること、第二に、土左日記の文章に男女差は認めがたいこと、そして第三に、土左日記の文章は漢文日記を日本語化した文体を基本とすること、である。第1点に対して第2点と第3点は一見食い違ったことを述べているようであるが、女性仮託は日記と仮名という2点において画期的な意義を持つのであり、その視点が日記全体に一貫していれば、とくに不都合はないのである。むしろそれ以上に、当時の文章自体に対して女性らしさを求めることのほうが不当なのであり、漢文訓読的な用語や語法も、女性にも理解されうる範囲のものであって、そのことから逆に女性らしさを否定することにもならないのである。

これ以下にも複線構造を否定する叙述が続いているが、それらについては、本書の叙述に織り込んで筆者の見解を述べる。

冒頭文には、女も日記を書こう、と書いてあるだけで、実はわたしは男なのだが、などとは書いていない。だからこそ、冒頭文どおりに『土左日記』を書いたのは貫之に近い女性であろうと、その意味で素直に推定している研究者も健在なのである。

この論者が何を言いたいのか忖度《そんたく》してみたが文章の読解力と表現力とに問題があることしかわからなかった。別論者の、「書き手の性が女であることを宣言している」なら、まだ理解できるが、「女性仮託を宣言している」となると、話はまったく別になる。冒頭文で宣言しているなら、書き手である女性は、女性のわたしが女のふりをして、日記を書きますとなるが、そんな宣言をするはずはない。

「第二」は「土左日記の文章に男女差は認めがたいこと」となっているが、「文章」というレヴェルでとらえるなら、こんな語句や表現を女性が使うはずはないという視点もなければならないであろう（一月十三日の記事参照）。

「をなもしてみむとて」に「女文字」という語を読み込むのは反証可能性のない論である。他者の論のみならず、人まで非難する論述も気になる。

これは、右と別人による『古典再入門』についての「学界時評」である。

仮名連鎖「をなもしてみむ」に「をなもし」（女文字）を重ねているというのが筆者の指摘した複線構造であって、「女文字」という語を読み込む、などという理解とは次元が異なることを確認しておきたい。

反証可能性とは、falsifiability（真であることも偽であることも証明できないこと）、あるいはrefutability（論破可能性）である。要するに箸にも棒にもかからない妄説だという意味である。

仮名文のテクストを《読まないから読めない、読めないから読まない》の弊害が、テクストの理解力にとどまらず、論文の理解力にまで及んでいる。

「他者の論のみならず、人まで非難する論述も気になる」という、この領域に依然として根強く残る、論と論者とを一体としてとらえる、世界の田舎の片隅に残る風土病である。気になると言われても、身に覚えがないので、どうにもならない。

筆者が、文献学的アプローチの有用性を強調し、その実践例を提示しているのは、特に平安時代の仮名文学作品を資料とする研究が不毛きわまる現状から脱却して、実り多い成果を導いてほしいからである。問題の根底から着実に固めてゆくべきことを納得していただくためにじっくり進めてきた。仮名の特質や和歌表現の歴史などに手間を惜しまなかったのはそのためである。ただし、ここまで絞り込んでくれば、謎に満ちた『土左日記』のヴェールを剥いで、だれも想像したことのなかった真の姿を見届けるまで、もう遠くないところまで来ているので、先に進むことにしよう。

やまと歌は ひとの心をたねとして よろづの言の葉とぞなれりける

『古今和歌集』仮名序、冒頭の一句であるが、意味がわからない。「和歌は、人の心を種にたとえますと、それから生じて口に出て、無数の葉となったものであります」（注釈書A）では、日本語として意味をなしていない。筆者の解釈は本文を参照。

この文は二重構造になっており、表には当たり障りのないことを書き、なにか大切なことが抜けているはずだと探してみると、表には出したくないもうひとつのことばがあることに気づく仕掛けになっているのである。誰の目にも見えることばが初読、さがして見つけさせることばが次読である。この大切な予備知識を頭に置いて、『土左日記』に戻ろう。

あきの、に　みちもまどひぬ　まつむしの　こゑするかたに　やどやからまし

（古今和歌集・秋上・201）

秋の野に　道も惑ひぬ　待つ虫の　声するかたに　宿や借らまし

秋の野の美しさに見ほれているうちに、道がわからなくなった、わたしを待っているまつ虫が、「お待ちしています」とよぶ声が聞こえる家に宿を借りようかな、ということである。「まどふ」は、選択肢が確定しない状態で、どれを選べばよいのか（この場合は、どの道を行けばよいのか）わからない、また、「まよふ」は、複数の選択肢のどれを選べばよいのかわからない、の意。

原文にない「お待ちしております」を入れたのは、オトもネもコヱ（コエ）も音響であるが、オトは音響一般を指し、ネは快い音響をさし、コヱ（コエ）はメッセージを含む音響を指すからである。歴史を通じて基本は変わっていない。

人間は、たがいにコヱで情報を伝達しあっており、鳥は鳴き声で情報を交換しているので鳥のコヱ（コエ）という。道に迷っている人間に、まつむし（待つ虫）が声でメッセージを送るとしたら、〈お待ちしております〉とか、それとほぼ同義のことばがふつうだからである。

『古今和歌集』で、右の和歌の直後にあるのがつぎの和歌（秋上・202）である。

あきの、に　ひとまつむしの　こゑすなり　われかとゆきて　いさとふらはむ

秋の野に　人まつ虫の　声すなり　我かと行きて　いざ訪らはむ

「ひとまつむしのこゑすなり」とは、人を待っていますと言っている虫の声が聞こえる、という意味として理解できる。

「まつむしの声するかたに」という和歌が直前にあるので、これもマツムシだろうと推定できるが、この和歌を独立させたら、虫の名が直接には出てこない。そこで、虫の名を求めて読み直すと、仮名連鎖「ひとまつむし」のなかに仮名連鎖「まつむし」が重ね合わされている。したがって、「ひとまつむし」は、共通の仮名連鎖「まつむし」を重ね合わせた「ひとまつ・まつむしの声すなり」という複線構造になっている。「まつ・まつ」と並べて書いたが、ふたつの「まつ」は重なっている。

『遠鏡』は、この部分を「アレ人ヂ待ツト云フ名ノ松虫ノコヱガスルワ」と訳している。複線構造が単線として読まれているが、「人ヂ待ツト云名ノ松虫」ではその場しのぎであって、この和歌の構造を正確にはとらえていない。

人を「待つ」という名のあの「松虫」の声がするも同工異曲であるが、「あの松虫」の「あの」が、〈いつもの〉というつもりだとしたら表現どおりになっていない。

《掛詞》という用語は、『古今和歌集』時代にこのような重ね合わせの表現技巧が発達していたことが忘れられて、もっぱら同音関係をさす語として後世の歌学者が作った用語であり、複数の語の結び付きにまでは及ばない。

■《初読》と《次読》

『古今和歌集』時代の和歌を読んで、ひとまず理解できても、細《こま》やかな情緒が感じ取れない場合には、濁点などがない三十一文字の仮名にもどして、ほかの読みかたがないか点検してみるとよい。複線構造になっている場合には、和歌として不完全な、あるいは不自然な形を、まず読み手に読ませたうえで、もうひとつの読みかたがあることを発見させ、ふたつの和歌を合体させて奥深い世界を見せるという段取りを踏ませるのがふつうだからである。

読者が最初に目にする平凡な和歌を《初読《しょどく》》とよび、初読と合わせて、あるいは、初読をキャンセルして、深い意味を味わわせる二つ目の和歌が《次読《じどく》》である。

初読、次読の「読」とは、『古今和歌集』時代の和歌における、仮名文字の連鎖を視覚で認識して、それに意味を当てる作業の順序である。すでに検討した和歌の例で言えば、京に残してきた妻がいるから、とあれば、「はるはるきぬる」は「遙々来ぬる」と読むのが自然であるから、これが初読である。そして、それを読めば、どのような心境でこれほど遠くまで来たのだろうと知りたくなるので、もういちど読みなおすと、「張る張る着ぬる」が浮かび上がる仕組みになっている。そこまで読み込まなければ『古今和歌集』時代の《みそひと文字》の和歌を読み味わったことにならない。

すでに述べたとおりヨーロッパの諸言語は左から右への横書きであるから、本を開くと、まず右側のページが目に入り、ページをめくるとその裏にあった左ページが現れるので、ラテン語で右ページを recto（レクトー＝右）、左ページを verso（ヴァーソー＝左）とよんでいる。そのよびかたと和歌の複線構造とは関係ないが、ふつうに読んで目に入るのはその部分のふつうの意味であり、その不完全さや不自然さに気付いてあらためて読みなおすと、その陰に隠れていた、もうひとつの部分が顔を出すという表裏の関係にヒントを得て、初読、次読と命名した。

## ■散文への応用

やまとうたは　ひとのこゝろを　たねとして　よろつの　ことのはとそ　なれりける（古今和歌集・仮名序・冒頭）

最初の勅撰集として十世紀初頭に編纂された『古今和歌集』の仮名序冒頭を飾る紀貫之の格調高い名文であり、ただこれだけのことばで和歌の本質を喝破《かっぱ》している、というのが共通理解になっている。しかし、声に出して読みあげると格調高い印象ではあるが、筆者にはこの文の意味するところをはっきりと把握することができなかった。

文法の論議はともかくとして、ひとまず、つぎのような意味だと考えられる。

和歌は、人間の心を種にして、多種多様のことばになったものである。

書き手としては、この仮名序にぜひ入れておきたい固有名詞などがあっても、あからさまにそれを出すと差し障りがある場合、ひとまず初読で文意の大要が理解できるようにしたうえで、次読にその名を潜ませておくという複線構造の技法を応用することに思いつくのは自然であったし、また、『古今和歌集』時代の歌人であれば、初読に満足せずに次読を探すことを読み手に期待することが可能であった。

「萬」(万)は、ヨロヅ、「葉」はハであるから、貫之は、「万葉」、すなわち、『万葉集』を「万の葉」と分解して初読に組み込んだに相違ない。すなわち、人間のさまざまな心を反映して形をなしたのが『万葉集』の多種多様の和歌だ、ということである。

ここまで来ると、格調高い印象ではあるが云々という前言を取り消して脱帽し、賞讃すべきであるだけでなく、その先の展望が開けてくる。

## ■人の、ひとつ心

仮名連鎖「ひとのこゝろ」は「ひとつこゝろ」と、仮名六文字、六音節で、語呂がよく似ているし意味も相補的であるから、互いに交響しあうのは自然であり、必然でもあった。現に少数ながら「ひとのこゝろ」ではなく「ひとつこゝろ」になっているテクストもある。

「ひとのこゝろ」の「ひと」は人間を指すが、仮名連鎖「ひと」は「ひと=つ」の「ひと」でもある。ヒト、フタ、ミ、ヨ、という数えかたがいつごろから使われるようになったかは確定しがたいが、それらの［ツ］は接尾辞であるから、文献時代以前のある時期から、［ツ］を付けない語形でも使われていたのであろう。日本語話者が直覚でそのようにとらえたなら、「ひとつこゝろ」の「ひと」は「ひとのこゝろ」の「ひと」と重なりあって、「ひとの、ひとつこゝろ」すなわち、〈人間が共有する同じ心〉という結び付きが形成される。ただし、三つ目の仮名が違うので、複線構造を構成できるのは、「ひと」と「こゝろ」とのふた組みの仮名連鎖になる。それらふたつの仮名連鎖を接近させてひとつの和歌に盛り込むことは、おそらく不可能に近い。ただし、それは和歌の規則であって、この場合は散文への応用であるから、不自然でなければその規則には縛られない。

聴覚でなく仮名を視覚で操作するのがこの時期の和歌ではあったが、仮名は音節文字であるから、文字ごとにその発音がともなうのは当然であった。

以上、和歌の複線構造の散文への応用と、日本語話者の直覚による交響とによって、この一文は、つぎのような意味を喚起する表現になっている。

和歌は、それぞれの人間の心が、さまざまな事象に反応して、多種多様の表現になったものである。それらを集めたのが『万葉集』であった。

このあとに続いているのは、さまざまな事象の具体例である。

世の中にある人、事《こと》、業《わざ》、繁きものなれば、心に思ふことを、見るもの、聞くものにつけて言ひ出だせるなり、花に鳴くうぐひす、水に棲む蛙《かはづ》の声を聞けば、生きとし生けるもの、いづれか歌を詠まざりける（略）

たとえダミ声のヒキガエルでも、〈生きとし生けるもの〉の例外ではありえない。

「かはづ」は、清流で鳴くカジカガエルをさす語だったと教えられた記憶があるが、「かへる」は日常語、「かはづ」は歌語という違いであった。たとえば、『古今和歌集』のつぎの勅撰集『後撰和歌集』（九五〇年代成立）恋四につぎの和歌がある。

仲良くなった女の田舎の家に行って、門を叩いたが、聞こえなかったのか、――

門《かど》を開けずなりにければ、田のほとりにかへるの鳴きけるを聞きて、

あしひきの　山田のそほづ　うち侘びて　ひとりかへるの　音《ね》をば泣きつる

（806）

○開けずなりにければ…とうとう門を開けてくれなかったので、○かへる…詞書のなかなので、日常語の「かへる」。○そほづ…かかし。○ひとりかへる…「独り帰る」の「かへる」に「蛙《かへる》」を重ねる。和歌のなかであるから表《おもて》は歌語の「帰る」。その裏に日常語の「かへる（蛙）」を重ねている。『古今和歌集』の初読、次読よりも、単純になっている。

## ■『古今和歌集』仮名序冒頭の複線構造

前節における考察によって最初の一文の表現は意味をなしたが、冒頭のこの一文は散文で

あるから文字数の制限がないのに、貫之は、どうして、和歌の技法を導入して複線構造を用いたのか、確認しておかなければならない。

理由のひとつは、『古今和歌集』の編纂を命じた醍醐天皇への配慮である。『万葉集』に入集していない和歌（＝古）と、それ以降の和歌（＝今）とを選べと命じたことは、『万葉集』にも相応の価値はあるが、当時はまだ和歌が発展途上にあり、花と開いたのは、まさに今の御門《みかど》の世であると書けば、醍醐天皇は喜んだであろうが、貫之は、『万葉集』こそ和歌のはじめであったという、みずからの信念を曲げることなく、かつ、醍醐天皇への恩義に報いるために複線構造で謝意を表する方法を選んだのである。

いにしへより、かく伝はるうちにも、（やまとうたは）奈良の御時よりぞ広まりにける、（略）、かの御時に、正三位柿本人麻呂なむ歌の聖《ひじり》なりける（略）、また、山の辺の赤人といふ人ありけり、歌に奇《あや》しく妙《たへ》なりけり、人麻呂は赤人が上に立たむこと難《かた》く、赤人は人麻呂が下に立たむこと難くなむありける（古今和歌集・仮名序）

「赤人が上」、「人麻呂が下」のガは、現代語のノに当たる。中間の省略した部分はふたりの歌聖の秀歌に関する記事等である。

和歌の道に生きる者として、右のように確信しているのに、「古今和歌集とぞなりにける」

とは書けなかったし、『万葉集』を軽視することもできなかったのである。その意味で、貫之は真実について妥協を許さない性格であり、その頑固一徹が、後世への切なる希望として、彼に『土左日記』を書かせたのであろう。『土左日記』は、その意味で、日記文学などではなく、社会文学とでもよんだほうが作者の意図に即している。和歌の複線構造は、三十一文字の制約のなかにどれだけ多くの表現を盛り込めるかを追求して生まれた技法であったが、貫之は、和歌の複線構造の、初読、次読という二段構成を利用して、表《おもて》には出しにくいが、ぜひとも入れておくべき人物を次読に送ったのである。

具体的に説明するなら、「よろづの言の葉とぞなれりける」とは、『万葉集』が成立した、という意味であると理解して納得した人たちも少なくなかったかもしれないが、より多くの人たちは、それ以後、『古今和歌集』が成立するまでの経緯に思いを馳せて、醍醐天皇のひとかたならぬ貢献に感謝したであろうということである。次読を具体的なことばにしておかなくても、貫之をはじめとする撰者たちの目的は確実に達成されている。

以上が、筆者の導いた帰結である。その数十年後には和歌が視覚的表現から聴覚的表現に戻ったことによって漢字を交えて表記されるようになり、複線構造の和歌は姿を消して、平安時代の和歌もそういう時代の感覚で一回的にしか読まれなくなった。そのために、かつて複線構造の技法があったことも忘れられ、この冒頭文が貫之の意図したとおりに解読された二十一世紀の今日まで、千数百年の歳月を経なければならなかった。

『土左日記』の冒頭文もそれと同じ運命をたどって、二十一世紀の初頭まで、初読だけで読まれてきたために、女性仮託説が大手を振って通用してきたのである。それは、〈素人論は素人に支持される〉という社会一般の風潮どおりの反応であった。特定事象について素人か玄人かの判別基準は、肩書の軽重や一般社会の知名度とは連動しない。

# VI 『土左日記』冒頭文の表現解析

## ——女性仮託説の誕生から終焉まで

母語にしか関心がないようでは、母語さえも理解できないが、母語話者にしか正誤を判別できない語法も少なくない。直覚的判断で、コミュニケーションが成り立つかどうかは別問題であって、日本語話者ならそのように言うとか言わないとかいうことである。日本語話者が書いたテクストのなかに、母語の直覚が許容しない表現が出てきたなら、それは、なんらかの理由で、不自然なことば遣いをしているからだと考えてよい。そのような場合には文法至上主義を捨てて、無理な表現になった理由を探ってみよう。

## ■日本語話者の直覚

この章で中心的に考えるのは、人為的に構成された口語文法や古典文法の規範ではなく、日本語話者が生活をつうじて自然に身に着けた、反射的に反応する、日本語としての自然さや不自然さである。どの言語の話者にも、また、個々の方言話者にもそれぞれに固有の直覚があるが、ここでは、対象を日本語の、特に書記テクストの場合を中心に説明する。

『古典再入門』では、冒頭文の複線構造の事例をいきなり持ち出して解説したが、これまでになかった新しい概念なのに、現役の高校生まで含めて、多くの読者に理解してもらうことができたので、ひとまず胸を撫でおろした。しかし、女性仮託説を前提にした論を公表したことのある研究者のなかには、自分に対する個人攻撃だと勘違いして——、といっても、筆者はその論者の名前を知らず、問題の論文もざっとしか目を通していなかったり、論文の存在を知らなかったりであったが、それらのひとつは、目に付きやすい場所に公表されていたので、とりあえず、その批判が成り立たないことを指摘しておいた。

『土左日記』の文章は、すでに述べた理由で、一筋縄では手に負えない屈折した表現のオン・パレードになっているために、これまでその正体を把握できず、解釈とはよべない思いつきを多くの人たちが支持して、事実上、共通理解としてそれらが通用している。

土左日記については、作者女性仮託を併せて種々の説明がなされているものの、万人の納得し得るような定説はおろか、通説すらもない。（略）引用の前半を読んで期待したが、女性仮託に理由づけをしただけにすぎず、所詮、結論ありきの論法である。オーソドックスな方法に基づかない取り組みでは、このあたりが限界なのであろう。

筆者は、本書においても文献学的アプローチによる表現解析を試みて、かなりの手応えがある結果を導き出すことができたと考えている。それは近年開発された斬新な方法などではなく、あえていうなら、初心に返れという、きわめて地味な方法であることは、すでに説明したとおりである。——といっても、これまで、その方法によって導かれた帰結の多くを断片的にしか公表してこなかったので、これからの研究者が本格的に取り組んで、価値ある成果を導きだすことをすべてのテクストが待ち望んでいるのが現状である。注釈書ではなく、ナマのテクストをまず読んで自分の考えを確かめる習慣を身につけることが第一歩にならなければならない。それができれば、個々のテクストを解明するための具体的なアプローチのしかたが自然に見えてくる。

## ■をとこもすなる日記

をとこもすなる日記といふものを　をむなもしてみむとてするなり

日本の学校教育を受けた人たちなら、相当の年月を経ていても、この一文は記憶の片隅に残っているのではないであろうか。それは、すばらしい名文だからではない。古文で助動詞ナリが出てくるたびに、〈連体形接続のナリは指定・断定、終止形接続の助動詞ナリは伝聞・推定〉と、何度も念を押されたからである。その関門を通過できずに、文法嫌い、古文嫌いになる生徒が少なくないという。ただし、〈文法は暗記だ〉に徹して、悠々と通り抜けた読者もいるであろう。しかし、過去の勝ち組も負け組も、学校で習った知識、教えた知識をひとまず凍結して、日本語話者のフレッシュな直観を取り戻し、初めて読むつもりで上記の一文を読んでみると、日本語話者の直覚が素通りを許さない、いくつかの表現がこのなかに混じっていることに気付くはずである。

ここで取り上げる事柄に関しては、千年以上まえの日本語でも、現代日本語でも、日本語話者の直覚が基本的に共通していると考えてよい。

①金持[が]食べるというキャビアとかいうものを、貧乏なわたしも食べてみよう。

話はくだらないが、日本語話者にとって、この文に日本語として不自然なところはない。しかし、右の助詞ガをモに置き換えたつぎの文はどうであろうか。

②金持[も]食べるというキャビアとかいうものを、貧乏なわたしも食べてみよう。

日本語話者はもとより、日本語がひととおり理解できる非日本語話者でも①と同じ意味であることは理解できる。ただし、日本語話者なら②のようには言わないし、その話し手が日本語話者でないことを瞬時に感じ取る。そういうことを学校では教えないし、考えたこともないので、理由を尋ねられても、説明できないのがふつうである。

こういう話が出ると、文法書で決着をつけようとするのが日本の学校教育の問題点である。文法書に書いてあるのは、人為的に作った体系である。それになんと書いてあろうと、あるいは、説明がなくても、日本語話者の直覚は、②を素直には受け入れない。日本語話者の直覚とは、日本語社会で育った人たちが生活のなかで自然に身につけた、理屈抜きの反射的判断である。

「男もすなる日記」、すなわち、男も書くと聞いている日記、という意味の表現は、「男のすなる日記」、すなわち、男が書くと聞いている日記、でなければ日本語話者は落ち着かない。それと同じように、読み手が現代の日本語話者であれば、最初の「をとこもすなる日記」の助詞モに違和感を覚えないはずはない。なぜなら、現代語であれば「男も」ではなく、「男が」でなければ落ち着かないし、平安時代なら、それに相当する「男の」でなければ不自然だと感じるはずだからである。これは、理屈抜きの反射的判断である。ことばについて考える場合に重視しなければならないのは、その言語の話者が共有している直覚である。

（男もすなる日記とは）男だって書くという日記。「男も」の「も」は、「男」を不確定なものとして扱う（以上、文法専門家の見解）。「男のすなる日記」

> と言えば、男しか書きようのない日記、すなわち漢文日記を特定すると考えられるが、「男もすなる日記」と表現することで、漢文日記を指しながら、必ずしもそれにこだわらなくなる。

この注釈者は日本語話者の直覚が健在なので、「男もすなる日記」のモに疑念をいだいたが、確信を持てないので国文法の権威に助力を仰ぎ、右のような説明を提示している。しかし、この説明で、なるほど、この場合には、「男のすなる日記」ではなく「男もすなる日記」でなければ意味が正しく伝わらないのだ、原文を読んでみると、なるほどそのとおりだ、と納得できた読者が、ただひとりでもいるであろうか。現代語とは違うのだということを証明したければ、その違いが明確に顕現している平安時代の用例を提示して説明するのが正統の文法研究者でなければならないのに、直覚を無視して思いつきでお茶を濁したのでは説得力があるはずはない。

この事例に限らないが、注釈の担当者は、その時代にはこういう言いかたがあったのだ、という前提で、「男もすなる日記」のモを文法に基づいて正当化しようと無理な説明をしているが、日本語話者の直覚はそれを容易には受け入れない。ただし、説明を読む側に自信がないと、専門学者の説明だから正しいはずだと信じ込んで、理解できたような気になったり、自分の文法力では理解できないと匙を投げたりすることになる。

もうひとつ、この冒頭文には、代動詞の不自然な使用という問題がある。

この冒頭文には、「男もすなる日記といふものを、女もしてみむとてするなり」というように、日本語話者なら、書く、綴る、記す、などを使用する位置に、代動詞、すなわち、繰り返し使うのを避けて、そのかわりに使うサ変動詞ス・スルを使っているが、これはとても不自然である。

金持《かねもち》がするというキャビアとかいう物を、貧乏なわたしもしてみたい。

これでも伝達は成立する場合が多いであろうが、日本語話者であれば、けっしてこういう言いかたはしない。それなのに先生は一言も触れないし、注釈書も取りあげない。文法上、問題がなければ正しい表現だという認識なのであろうか。

仮に筆者が『土左日記』冒頭文の添削を依頼されたとすれば、何よりもまず、「をとこもすなる」を削除したい。なぜなら、「日記といふものを女もしてみむとて〜」と書けば、日記を書くのは男性だけなのだと理解できるからである。この処置ひとつで抵抗感がぐっと少なくなる。ただし、この添削は釈迦に説法。なぜなら、この書き手にその知恵がなかったはずはないからである。我々の課題は、どうしてこれほどまでに不自然な表現をしているのか、その理由を突き止めることである。

## ■代動詞の不自然な使用と冗長な表現

これまでに、この冒頭文を読んだ国語学や国文学の研究者は少なからずいたはずなのに、だれも奇妙な表現を問題にしなかったのはなぜであろうか、――となると、問題にしなければならないのは、どういう条件が、冒頭文の表現を大きく歪ませたのか、ということである。それを明らかにするためには、『土左日記』を執筆するまえに、この書き手が、どのような表現技巧を使ってきたかを調べてみなければならない。

ここで内実を明かせば、我々は、この冒頭文の技法を確実に証明するために、『古今和歌集』の屈折した表現を解析したり、和歌の複線構造の技法を散文に応用した『古今和歌集』仮名序冒頭文における初読と次読との関係を解明したりして、脱線に近いほどの地固めをしてきたのである。

## ■「をむなもし」、そして「をとこもす」の抽出（ともに、一語としてのアクセントで比較）

冒頭文の後半を、物名歌の要領で、意味を考えずに仮名連鎖として眺めてみると、「をむなもしてみむ」という部分に「をむなもし」があり、それに意味を当てると、「女文字」、すなわち、仮名文字という意味の語が浮かび上がる。このことを念頭に置いたうえで前半の「をとこもすなる日記」という部分をあらためて見直すと、後半部から浮かび出た「をむなもし」を反射的に連想させるほどそれによく似た仮名連鎖「をとこもす」が浮かび上がる。

和歌の技法としては、仮名が一字違っても複線構造は形成されないが、この場合も散文への応用であるから、『古今和歌集』の仮名序冒頭で、「ひとのこゝろ」と「ひとつこゝろ」とが交響しあって「ひとのひとつこゝろ」、すなわち、「人の一つ心」を形成したのと同じように、「をむなもし」ともう一歩で完全に協奏しあえるところまで来ている五字の仮名連鎖が「をとこもす」である。「をとこもし」とは語末のサ行音節の母音が、【i】と【ɯ】との小差であるから、「女文字」との対としての「男文字」が容易に抽出される。

この当時の和歌は仮名文字をどのように運用するかの世界であったから、仮名連鎖の視覚印象がきわめて近いことがまず目に入ったであろう。それに留まらず、仮名は音節文字であるから、このような場合は聴覚的類似も見逃すことができない。指す対象が、五音節の仮名連鎖の、それも末尾の五文字目に小異があるだけで聴覚印象もよく似ているために、冒頭文の中心の「女文字」は、その対極の中心を占める「男文字」と対照的セットの位置を確立している。

言語学に合流せず、交流も拒絶してわが道を行く国語学の最大の問題点は、ことば遣いについて疑問が生じると、伝統文法で決着をつけることしか頭に浮かばないことである。

ことばの正誤や適否を神経質に問題にして、その解答を求め、国文法に直行し、説明された側も、国文法でそうなるのであればそれでよいはずだと納得してしまうことになる。今後は、この事例を思い出して、言語は文法のみにて運用さる、ものにあらず、と肝に銘ずべきである。

## ■『土左日記』冒頭文の初読と次読

前節における検討の結果、『土左日記』の冒頭文は初読と次読とで構成されており、それぞれ、つぎのような意味になる。

◎初読―男性も書くと聞いている日記というものを、女のわたしも書いて、その結果を見てみよう

◎次読―漢字で書いている日記を仮名文字で書いて、結果をみよう。

初読と次読とは似ても似つかない意味内容であり、融合させようがない。したがって、二者択一になるから、当然、初読をキャンセルして次読を採ることになる。初読は、次読を隠すためのカムフラージュであり、そのことに気づかせるためのカギは、日本語話者の直覚が許容しない前述の諸点であった。

『古今和歌集』仮名序冒頭文は、この場合と同じく、散文への応用であったが、初読と次読とが絡みあって幅広い表現を形成している。初読も次読も不可欠の役割を担っているという意味で、筆者が据付《すえつけ》型と命名したパターンである。それでは、『土左日記』冒頭のこの事例はどちらの類型に属しているであろうか。

物名の和歌の既出の例を思い出してみよう。

わかやとの　はなふみしたく　とりうたむ　のはなけれはや　ここにしもくる

（古今和歌集・物名・442・りうたむのはな）

四字の漢語「りうたむ」に「のはな」の三字を加えた七字の仮名連鎖を和歌のどこに、どのように隠したのか簡単には見つけられないように埋め込むことは至難の技であり、みごとにそれをこなした紀友則はさすがである。ただし、そのために作った〈五七五七七〉は、音数律が和歌に合致していても、とうてい和歌とよぶことはできない。「鯛焼きは、寒くなったら、始めます」という店頭の張り紙を俳句と認めないのと理由は同じである。

我が宿の　花踏みしだく　鳥打たむ　野はなければや　ここにしも来る

これでは、おいしい花見弁当を食べたあとに残った外箱と同じように、もはや用済みであるから、ゴミ箱に捨てるほかはない。これは、筆者が「（花見）弁当型」とよんだ類型である。『土左日記』の冒頭文も花見弁当型であるから、無理を重ねて綴った初読に登場した「をむな」は、冒頭の挨拶だけで役目を終わり、姿を消すことになる。これでも女性仮託を信じ続けるなら、カラになった使い捨ての弁当箱を後生大事に抱え込んでいるようなものである。仮託ではなく側近の女性が書いたと主張しているのも同様であるが、筆者は、このような状態がいつまでも続くとは考えていない。なぜなら、直接に、あるいは書簡などで積極的支持を表明してくださっている知友が少なくないだけでなく、平安文学畑の専門研究者、東原伸明による日本文学協会機関誌の詳しい書評で、筆者の主張する〈仮名連鎖の複線構造〉を大筋において認めることが表明されたからである。大筋においてとは、筆者が『土左日記』冒頭文の複線構造を、次読を生かして初読を捨てる〈(花見) 弁当型〉と見なしているのに対して、東原は、初読、次読をともに生かす据付型と見なしているところに解釈の違いがあるからである。

その後に刊行された同氏による大学レヴェルのテキスト『新編土左日記』(2013) の補注にも受け継がれている。端的に言えば、筆者が女性仮託を全面否定したのに対して、この著者は、「むしろ、小松の新見は、従来の解釈の補強となるのである」という立場である。筆者は、さしあたり、それで満足している。暗闇が白昼になるには時間が動かなければならない。光源が移動すれば自然に景観が変化する。その意味で、(2007) のジェンダー論もそれはそれとして整然としているので、筆者の立場との融合は難しいであろうが、男性の作者が仮の姿として女性になって、最後まで女性で貫くことができるかどうかが問題になりうるであろう。

初読に登場した「をむな」が早々に舞台を下りても、初読の「日記」という語は次読にそのまま残っている。再三確認したとおり、通常の日記にプロットはありえない。したがって、次読があることに気づかない読み手は、また、その存在を否定する読み手も、この作品の内容が日々の出来事の単純な記録の集成だと信じ込んで読むことになるので、最後まで読みとおしても、書き手の真情に触れることなく、また、執筆の目的にも気づかずに終わることになる。

書き手がみずから「日記」と命名したのは、最初からふつうの日記だと思って読ませるためのトリックであり、研究の対象とされるようになった江戸時代以後の人たちが、みんなそのトリックに乗せられたために正体を見破ることができなかったとすれば、その意味で見事に成功したことになる。

## ■次読のゴミを取り除く

以上で冒頭文をひとまず解釈できたことになるが、ここで気になるのは、「男のすなる日記といふもの」と、次読の段階でも終止形接続のナリが残って伝聞になっていることである。これは、竹林で抜いてきた土まみれの竹の子の皮をはぎ取るのと同じように汚れを取れるかどうかの実験である。

◎初読―男が書くと聞いている日記というものを、女のわたしも書こう……

◎次読―漢字（文）で書くと聞いている日記というものを、仮名（文）で書こう……

このナルは動詞の終止形スに後接しているので古典文法では伝聞・推定とされている。すなわち、日記の書き手は漢字文で書いた日記について話を聞いたことがあるだけで、見たことがないことになる。しかし、『土左日記』の本文を読めばわかるとおり、日付の書きかたは漢字文の日記と形式が基本的に同じであるし、日記の用語もこなれているので、古典文法の説明に合致しない。そこで、原文に戻ってチェックし直すと、「をとこもスなる日記」のスは、後半の「をむなもして」（＝女文字）との対として「をとこもし」（＝男文字）に近づけた、「をとこもス」にするための唯一の選択であって、「をむな」が漢字文の日記を見たことがあるかどうかを考慮した表現にまではできなかったにすぎない。

もうひとつ、竹の子の皮も剥いでおこう。

「をむなもしてみむ」という表現は、平安時代には、〈して、そして、その結果を見よう〉という意味であったと述べたが、これもまた、「おむなもし」（女文字）にしたら、「をむなもし＋て＋みむ」とするほかなかったのであって、結果を見届けようなどというつもりはなかったと考えてよい。定家は、門下の人たちが文字を真っ正直に受け取って、意味を取り違えないように、「してみむ」を「して心みむ（＝試みむ）」と直して書写している。

竹の子の皮を捨てて食用にする部分だけを残すと、次読はつぎのようにきれいになる。

◎次読文—漢字で書いている日記を、仮名文で書いてみよう。（前述）

肝心なのは漢字か仮名か、漢字文か仮名文かという、使用する文字種、文体の違いであるから、書き手の性別には無関係である。したがって、初読に基づいて考えられていた女性仮託という仮説は問題外になる。

記録が累積して日記のような形になったという説明とは一致しないが、冒頭文の次読でそこまでうるさくいう必要はない。いずれにせよ、この著作をそのような形で終わらせることが最初からのプロットだったからである。

これほどまでに細かく説明しても従来の解釈に固執するなら、筆者には、もはや説得する手段がない。ただし、日本語話者の直覚に適合しない不自然なことば遣いに依然として目をつぶるとしたら、言語運用について、ともに語ることはできない。

## ■冒頭文を二段構成にした理由

ここで、大切な事柄の再確認をかねて、冒頭文を初読と次読との二段構成にした理由を明らかにしておこう。

『土左日記』の書き手は、京で生まれ育ち、最上層にはほど遠い家柄に相応の官職についていたが、老年になってから土佐守に任じられ、五年にわたって在任した後、海路で帰京した。その当時の土佐は、たいへんな僻地であり、中央から派遣された役人は公務をないがしろにして蓄財に励み、国分寺の僧官をはじめ僧侶や使用人の若者たちまでが、酒や踊りに明け暮れる生活をしている実態を知る一方、土着の人たちは、京の人たちのような自己中心とは逆に、自分たちよりも相手の都合を推し量って迷惑にならないように行動するような、気持のやさしい純朴な心の持ち主であることを知って、人間はこうでなければならないと痛感した。当時における京やその近辺の人たちの、誠意のかけらもない、口先だけのきれいごとの頻発や、格式の高い神社の一部に広がっている露骨な物欲、金銭欲をも許せない気持になった。端的に言えば、将来の人間は土佐だけでなく、帰京の途次に立ち寄った阿波の人たちなどのようでなければならないという確信をいだいて帰京したのである。船が土佐から阿波（徳島）の鳴門までを航行している間に停泊した港で、土地の人たちの性格や性向を非難したりすることばなど出てこなかったのに、対岸の和泉の国に着いたとたんから、停泊する場所ごとに金品や米などをせしめようとする抜け目のない連中が必ず顔を出すようになって書き手は少なからず腹を立てている。

帰京後、間もなく、そういうことを率直に書いて世に出したりしたら冷たい仕打ちを受けるだけで効果がないことは明らかだったので、書くだけは書いておいて、自分たちの世代の影が消えてから世に出してもらおうと考え、信頼のおける人物にそれを托して他界した。ただし、そのテクストがだれかに見つけられる事態が生じた場合にも、無学でわきまえのない人間が読んでもわけがわからないものにしておけば、つまらないので読むのをやめてしまうように、得体の知れない女が男のまねをして、へたくそな文章で辺地の退屈な生活を記録した、つまらない日記だと思わせる文章にしておけば、読む気をなくしてしまうように工夫したのが冒頭文の初読であった。

その狙いは的中して、筆者が『古典再入門』で初読と次読（この用語は使わなかった）との二重構造を指摘するまで続いていたが、根拠薄弱な既成の妄説にこだわる研究者が、女性仮託を絶対的に擁護して猛然と反駁する事態にもなった。しかし、その焚き火は本書によって完全に鎮火させることができるはずだと筆者は信じている。

すでに述べたように、みずからの主張がだれにも理解されなかったなら書いた意味がないので、きちんと読むことのできる人たちなら、どこかおかしいと感じて読みなおすはずであると考え、次読があることのヒントを添えておいたのは当然である。この場合のヒントは、冒頭文に、日本語話者の直覚が許容しないことば遣いをいくつも混ぜておくことであった。母語話者が母語の直覚に鈍感になってしまったら、有意的成果を導くことはできない。

## ■女性仮託説の誕生から終焉まで

紀貫之が『土左日記』を書いたのは十世紀中葉であるが、作者の意思で直ちには世に出さず、というよりも、最初からそのつもりで書いて秘蔵されていたために、その存在が世に知られたのは、三百年近くも経った十四世紀中葉になってからであった。しかも、それがただちに注目の的になったわけではない。発見者の藤原定家はその出現に驚いて、高齢で病弱の身を駆ってそのテクストを書写し、子息の為家も書写したが、内容の研究にまでは及ばず、テクストは足利家に移されて、さらにふたりが書写したあと、行方不明になったまま、今日に及んでいる。

そういう事情があったために、『土左日記』が研究されるようになったのは江戸時代になってからであった。現在は常識になっている〈女性仮託説〉や、貫之に近い女性が作者であるという考えの当否をあらためて検討する場合には、これが十世紀の作品であることとともに、研究対象になったのが、事実上、江戸時代になってからであることを脳裏に刻んでおかなければならない。

貫之が『土左日記』を書いた目的は、すでに述べたとおりであるが、その期待には思いがけない障害が待ち受けており、かれの望みは断ち切られることになった。本書で、筆者が和歌の内部構造が変化した歴史をくどいほど説明したのは、そのことを読者に理解してもらうためだったのである。

九世紀から十世紀にかけて、清音と濁音とを書き分けない仮名文字の特性を生かした複線構造の和歌が発達し、その技法を散文に応用して次読を設け、表《おもて》に出しにくい大切な事柄を次読に隠し、それを見つけてきちんと理解してくれる人たちの手に託そうと考え、その方式を貫之は選択した。次読が隠されていることを示唆する鍵は、伝達が成立しても、日本語話者の直覚が許容しない、したがって、日本語話者はそのようには言わないし書くこともない表現を初読のなかに交えることであった。

和歌の内部構造が変化した過程については詳述したとおりであって、複線構造の和歌を音読すると次読は取り残されてしまうので、平安後期までに複線構造の和歌は姿を消して単線構造だけに回帰し、その結果、『古今和歌集』の和歌も、一律に単線構造として読まれるようになった。そのために、遅くても十七世紀以後に『土左日記』を読んだ人たちが、平安時代の和歌に複線構造があったことを知らず、初読がすべてだと決め込んで読んだのは、やむをえないことであった。本居宣長の『古今集遠鏡』の致命的な問題点については、すでに述べたとおりであるが、これまでの『土左日記』研究も、それと同じ問題点を共有していたことに気づかなかったのである。言うなれば歴史のいたずらであるが、そのことが明らかになった以上、研究の起点を大きく遡らせて再出発すべきである。当然、『古今和歌集』の研究にもそれと同じ問題がある。ただし、『万葉集』には波及しない。

筆者が、『土左日記』冒頭文の複線構造に気づいたのは、日本語話者の直覚を逆撫でするような表現の連続だったからである。

冒頭には、女のわたしも日記とやらを書いてみよう、と明言しているのに、実際は紀貫之が書いたことが確実ならば、女性仮託であるか、さもなければ、貫之に近い女性が書いたと考えるほかはない。そういう状況において、奇想天外な「複線構造」なるものを捏造して、「紀貫之は女性のふりなどしていません」と明言するとは気が知れないと思ったとしても最初の反応としては無理も無いことだったかもしれない。しかし、筆者が残念に思うのは、この冒頭文が日本語としてたいへん不自然であることを具体的に指摘したうえで複線構造を説明し、作者が主張したことは次読のほうにあったと結論づけたにも関わらず、専門研究者の大多数がその解釈を綿密に検討せずに、寄らば大樹の陰とばかりに、問答無用で女性仮託を墨守しつづけていることである。

本書では文献学的アプローチというコトバを表に出し、また、生得話者の直覚をリトマス試験紙にして反応を確認したうえで結論を提示した。これでもなお女性仮託説に執着するとしたら、つぎの一文をよく読んで、筋道の立った批判を公表していただきたい。

## ■長い目で着実な成果を

学術論文として学会誌に投稿すれば、研究者以外の、この領域に関心を持つ人たちの多くを置き去りにする結果になるので、わかりやすいところから出発し、この節で締めくくることにした。ただし、それは、レヴェルを下げたことを意味するわけではない。なぜなら、難所で転覆するのを避けて、すなわち、初心者にはむずかしすぎる話が続いて脱落しないように遠回りをしたために時間がかかっただけで、到着したのは直線コース経由と同じ港だからである。

筆者は本書において文献学的アプローチを実践し、その有用性を証明するとともに、その第一歩として、読者が、これを読んでみたいと目を付けた本に出会ったなら、専門研究者による解説や注釈、評論などを読んだりするまえに、自分自身のフレッシュな頭でまず丹念に読んでみることからはじめるべきであると本書のなかで推奨した。すでにそれらを読んだことがあるなら、それによって得た知識を棚上げして、あらためて目前の本に集中して読めばよい。

本書において筆者がそのことに特にこだわったのは、『土左日記』のどこにも紀貫之の名が出てこないのに、その理由も考えずに、最初から彼が作者であり、女性のふりをして書いたと決め込んで導入したことが、すべてを狂わせてしまったからなのである。まず、その本に集中して読んだなら、冒頭文が日本語としてあまりにも不自然であることに気づいたはずなのに、男が女のふりをして書いたことを、すなわち、いわゆる女性仮託を正当化するために理屈をこねたり、あるいは、貫之の側近の女性が書いたと主張したりという、無意味な混乱を呈したまま二十一世紀を迎えてしまうことになった。その間、女性仮託を前提にした論文も少なからず発表されており、自説が、そして、それを書いた研究者としての自分自身の存在が否定されたかのように勘違いして、理屈にならない妄論を展開する事態にまでなってしまった。そのような混乱を生じたのも、方法の欠如が、そして、みずからの頭で考える姿勢の欠如が原因であることを冷静にふりかえって、再出発すれば地球レヴェルの研究が可能になるはずである。

# 引用文献


1938　臼田甚五郎『学生の為めの土佐日記の鑑賞』興文閣
1951　小西甚一『土佐日記評解　新注国文学叢書』有精堂
1961　小林芳規「平安時代の平仮名文の表記様式〔Ⅰ〕〔Ⅱ〕――語の漢字表記を主として――」『国語学』44、45集
1967　萩谷朴『土佐日記全注釈』角川書店
1974　大野晋他編『岩波古語辞典』（補訂版1990）岩波書店
1983　品川和子『全訳注土佐日記』講談社学術文庫
1988　木村正中『土佐日記・貫之集』新潮日本古典集成　新潮社
1989　長谷川政春『土佐日記』新日本古典文学大系　岩波書店
1993　大野晋『係り結びの研究』岩波書店
1996　秋本守英『仮名文章表現史の研究』思文閣出版
1995　菊池靖彦『土佐日記』新編日本古典文学全集　小学館
2000　萩谷朴『紫式部の蛇足 貫之の勇み足』新潮選書
2007　東原伸明（書評）「小松英雄著『古典再入門『土左日記』を入りぐちにして』――をんなもしてみむとてするなり」隠されていた意味の発見」『日本文学』8月
2013　東原伸明・Loren Waller『新編土左日記』おうふう
2014　高山知明『日本語音韻史の動的諸相と蜆縮涼鼓集』笠間書院

## 小松英雄執筆文献


1990『徒然草抜書』第五章　講談社学術文庫

1997『仮名文の構文原理』（増補版新装版 2012）第二章そてひちて　笠間書院

2000『古典和歌解読』（増補版 2012）補章　笠間書院

2004『みそひと文字の抒情詩』（新装版 2012）笠間書院

2006『古典再入門――『土左日記』を入りぐちにして』笠間書院

2010『伊勢物語の表現を掘り起こす――《あづまくだり》の起承転結』笠間書院

2011『平安古筆を読み解く――散らし書きの再発見』二玄社

2014『日本語を動的にとらえる――ことばは使い手が進化させる』笠間書院

小松　英雄（こまつ　ひでお）
＊出生　1929年、東京。
＊現在　筑波大学名誉教授。文学博士。
＊著書
日本声調史論考（風間書房・1971）
国語史学基礎論（笠間書院・1973：増訂版1986：簡装版2006）
いろはうた（中公新書558・1979）
日本語の世界7〔日本語の音韻〕（中央公論社・1981）
徒然草抜書（三省堂・1983：講談社学術文庫・1990・復刊2007）
仮名文の原理（笠間書院・1988）
やまとうた（講談社・1994）
仮名文の構文原理（笠間書院・1997：増補版2003：増補版新装版2012）
日本語書記史原論（笠間書院・1998：増訂版2000：新装版2006）
日本語はなぜ変化するか（笠間書院・1999：新装版2013）
古典和歌解読（笠間書院・2000：増補版2012）
日本語の歴史（笠間書院・2001：新装版2013）
みそひと文字の抒情詩（笠間書院・2004：新装版2012）
古典再入門（笠間書院・2006）
丁寧に読む古典（笠間書院・2008）
伊勢物語の表現を掘り起こす（笠間書院・2010）
平安古筆を読み解く（二玄社・2011）
日本語を動的にとらえる（笠間書院・2014）

土左日記を読みなおす　屈折した表現の理解のために

2018年5月31日　初版第1刷発行

著者　小松　英雄

装幀　笠間書院装幀室

発行者　池田圭子

発行所　有限会社 笠間書院

東京都千代田区神田猿楽町2-2-3［〒101－0064］
電話　03-3295-1331　Fax　03-3294-0996

ISBN978-4-305-70857-1

組版：ステラ／印刷：モリモト印刷

落丁・乱丁本はお取りかえいたします。
出版目録は上記住所または下記まで。
http://kasamashoin.jp